VIVRE AVEC LE RESSAC

JULIEN CARO

VIVRE AVEC LE RESSAC

Roman

FSC
www.fsc.org
MIXTE
Papier issu
de sources
responsables
Paper from
responsible sources
FSC® C105338

Édition : BoD · Books on Demand, 31 avenue Saint-Rémy, 57600
Forbach, bod@bod.fr
Impression : Libri Plureos GmbH, Friedensallee 273, 22763 Hamburg
(Allemagne)

ISBN : 978-2-3224-9598-6
Dépôt légal : Janvier 2025

Août 2023.

On pouvait ressentir les alizés balayer chacune de ces silhouettes affalées sur cette longue plage de sable fin.
Le ressac était à peine audible au détour de ces vagues tétraplégiques.
Cocotiers et palmiers formaient une ligne de démarcation entre cette mer d'un azur limpide et ces blocs froids de béton déguisés en cottages attrayants, qui composaient cet hôtel Resort hideux.
Les doigts de pied en éventail, vautré depuis plusieurs heures sur un transat monotone, je regardais ma vie défiler sous un ciel placide, saupoudré de quelques nuages laiteux.
Je m'appelle Walter Burel, la cinquantaine imminente, et je coulais des vacances censées être roboratives, dans ce paradis qu'est Punta Cana en République dominicaine.
Au Bavaro Beach, complexe hôtelier démesuré, dégoulinant d'opulence malsaine où les vessies porcines des Teutons et autres Bataves déversaient leurs urines alcoolisées au milieu de l'immense piscine de cet hôtel au luxe vulgaire.
Où les Occidentaux ventripotents, repus de façon gargantuesque par les buffets à volonté, bracelets All Inclusive rivetés au poignet, venaient déglutir leurs économies d'une année tout près des autochtones

venant plaquer leur dénuement sur les barbelés dorés d'un monde infranchissable.

Voici le havre de repos que j'avais sélectionné comme furtif éden.

J'avais décidé de nous transporter vers une région où tout prédestine au rien-faire – ou au farniente si vous préférez – et ce, en compagnie des êtres les plus chers à mon cœur.

Ma fille, Giovanella, une demoiselle de quinze ans, à la longue chevelure aurifère et son acier bleu des prunelles, le même que son père et que son grand-père.

Chromosome oculaire hérité de nos origines normandes, où l'on pouvait encore deviner dans ces iris perçants, les pérégrinations vikings des lointains siècles passés.

Giovanella Burel, quel combo d'état civil étrange, me direz-vous ?

Surtout que ni sa mère, ni moi-même n'avions quelques accointances génétiques transalpines que ce soit.

J'étais tombé fou amoureux de ce prénom chantant comme un ruisseau en le repérant dans l'un de mes films favoris : *L'Héritier* de Philippe Labro avec Bart Cordell comme héros, incarné par mon idole absolue : Jean-Paul Belmondo.

Film livrant une analyse féroce du capitalisme avec son intrigue palpitante : *« Montrez-moi un héros et je vous écrirai une tragédie »,* citation de Francis Scott Fitzgerald dictée à la fin du film par le très juste Jean Desailly.

Et c'est au forceps que j'avais imposé ce caprice personnel à sa mère, qui avait milité pendant toute sa grossesse pour le prénom de Sophia – c'était joli aussi, Sophia – il en resterait toutefois une trace en guise de deuxième prénom sur sa carte d'identité.

J'étais également accompagné de ma mère, Bernadette, quatre-vingts ans et encore toutes ses (vraies) dents.

C'est à elle que je devais ce prénom atypique mais que j'aimais bien, ma foi, en hommage à un écrivain.

Férue de littérature et d'histoire, elle avait voué un intérêt pour l'écrivain écossais Sir Walter Scott dans sa jeunesse et notamment pour son roman *Quentin Durward*.

Un roman qui, pour faire très synthétique, évoque le déclin et la nostalgie de l'esprit chevaleresque au profit de l'Etat centralisateur – et constricteur – dans l'Europe du XVe siècle.

Mais revenons à ma mère, Bernadette et son prénom suranné.

Elle était née en mai 1945, quel symbole de voir sa naissance incarnée par la libération de la France !

Il avait fallu que je travaille d'arrache-pied pour la convaincre de s'envoler vers cette contrée lointaine.

Je trouvais cette région du globe incroyablement monocorde et statique :

Lever et coucher du soleil toute l'année à la même heure, avec ces organismes humains flasques tartinés d'écran total, ces céphalopodes visqueux se répandant grassement à quelques hectomètres de la misère hurlante.

Ma mère vivait en Normandie à Varengeville-sur-Mer.

Un charmant village de Seine-Maritime où Claude Monet vécut quelque temps et passa de longues heures assis en haut de la gorge du Petit-Ailly, à peindre les milliers de nuances de nacre et d'albâtre qui s'entrouvraient miraculeusement à lui.

Georges Braque y élut aussi domicile, domicile éternel même.

Il fut enterré au cimetière marin de Varengeville-sur-Mer, improbablement niché sur son promontoire monumental à près de cent mètres au-dessus de la mer.

Ne tardez pas trop d'ailleurs, l'érosion des falaises de craie poussant chaque jour un peu plus ce joyau dans un abîme irréversible.

Il fut très épineux de faire sortir ma mère de cette atmosphère où la notion de temps est plus rassérénante qu'ailleurs.

Où les quatre saisons peuvent illuminer une seule journée.

Où le son du ressac est chaque jour différent.

Où la floraison des rhododendrons, une ou deux semaines en mai, est unique.

Si vous souhaitez voir la plus belle collection du monde de ces arbustes, comment passer à côté de la visite du parc des Moutiers, qui vous perforera la rétine par sa communion végétale.

J'étais moi-même intimement lié à cette région, à ce Pays de Caux, puisque j'avais été bercé par son apaisement depuis ma plus tendre enfance.

Ma grand-mère maternelle, Mauricette – la mode assez pathétique est aujourd'hui aux légumes oubliés, j'ai une tendresse plus particulière pour les prénoms oubliés – était une Normande pure souche.

A la bonhomie pudique, à la noble robustesse.

J'adorais me noyer dans son puits d'anecdotes anachroniques lors des goûters qu'elle me préparait pendant les vacances scolaires.

Un goûter succulent : un jaune d'œuf mélangé à du sucre dans un bol, avec une tranche de brioche fraîchement coupée.

Je l'écoutais, béat comme un Pierrot en porcelaine, me raconter qu'elle était heureuse quand, faute de lapins, elle avait l'opportunité de dégoter un ou deux rats au cœur de la Seconde Guerre mondiale - au moins, il y aurait de la viande au dîner pour les enfants ce soir -.

Ou quand elle me dépeignait un ancien maire du village, queutard invétéré, par une de ces expressions sans pareil : « Oh lui, il pourrait se taper un tabouret avec une jupe ! »

Le doux ressac d'une enfance tellurique et authentique.

Ces nostalgiques digressions étant dites, ma mère accepta de partir avec nous pour ce long voyage, consciente de ce que ce moment représentait pour moi.

Mais concernant ce sujet, j'y reviendrai plus tard.

Restait un compagnon dans cette escapade cathartique.

Mon ami, mon frère d'armes, Giannis, celui avec qui j'avais usé mes survêtements Adidas Challenger sur les mêmes bancs en bois de la primaire.

Ces bancs en bois avec leurs encriers incrustés où l'on gravait au compas des cœurs avec nos initiales et celles de nos premières amoureuses.

Quarante-cinq ans d'amitié depuis le CP, ça forge un couple.

Sans la vie de couple, comme chamboule-tout destructeur.

Les amis se choisissent, pas comme un frère ou une sœur qu'on ne choisit pas.

Giannis était un grand gaillard, comme moi – cela me permet de vous préciser que je mesure 1m88.

Je ne vois pas trop l'intérêt de vous fournir ce relevé anthropométrique sur ma personne, mais peut-être cela satisfera-t-il un lectorat tatillon.

Il était plus à l'aise que moi dans cet environnement pseudo-paradisiaque, comme beaucoup de gens en fait, j'imagine.

Que demander de plus que de vivre au cœur d'une carte postale idyllique ?

C'est sans aucun doute moi-même qui avait un problème avec ma préhension du réel.

Ma fille, ma mère, mon meilleur ami, ensemble sur un atoll de plénitude.

Pour fêter la résurrection, la liberté.

Tous réunis pour le climax de ma vie.

Que pouvais-je désirer de plus ?

Mais pour comprendre la fin, revenons au commencement.

8 juillet 1982.

C'était une journée très chaude, une époque où les étés étaient encore de vrais étés et les hivers glaciaux, où l'on savait encore ce que c'était de chausser des Moon Boots.
Avant que le Gulf Stream ne dérègle son courant de façon erratique, avant que la calotte glaciaire ne ressemble à une vieille guenille trouée et à l'époque où les vaches pouvaient encore péter tranquillement sans que leur méthane dégazé ne vienne menacer le sort de l'humanité en faisant couiner des végans hystériques, glorifiant les légumes oubliés.
Nous étions quatre p'tits bonhommes, assis sur le dossier d'un banc public, avec un soleil perforant bravement les barres de béton qui mutilaient notre champ de vision.
Walter Burel du haut de ses neuf ans.
Giannis Kostis, adepte du torticolis en faisant la vigie sur les demoiselles qui flânaient, couettes au vent.
Abdoulaye Diallo, petit homme-baobab, petit guerrier peul, à l'énergie débridée d'Eddie Murphy.
Et Igor Savicevic, le slave déjanté de la bande, avec « Allez tous vous faire mettre » à peu près en guise de devise à onze ans.
Nous étions des apprentis philosophes à refaire le monde, les yeux pétillants, les diatribes naissantes, persuadés de ne pas être des gamins comme les autres.

Giannis, Abdoulaye et Igor habitaient dans une cité nommée Marcouville à Pontoise dans le Val d'Oise.

De mon côté, j'étais le nanti de la bande, résidant dans un pavillon de banlieue avec un jardin jouxtant la cité.

Le destin nous avait choisis pour former une horde soudée de quatre joyeux drilles.

Nous arborions des drapeaux différents, nous abreuvant de toutes les diversités de nos cultures.

Le Sénégal pour Abdoulaye, la Yougoslavie pour Igor, la Grèce pour Giannis - tiens, j'ai omis de vous renseigner sur ce sujet précédemment -.

Et "Walter le camembert", surnom qui m'était affublé, moi, le pur normand.

Un temps si loin, si proche, où l'on se foutait royalement de qui vient d'où et un temps où "Jean-Marie La Peine" n'avait pas su remporter ses 500 signatures de parrainage pour pouvoir se présenter à l'élection présidentielle de 1981.

Une époque bénie où l'extrême droite n'était encore qu'un pauvre morceau d'étron politique.

Mais ce 8 juillet 1982 était une journée capitale pour toute la France.

C'était le jour de la demi-finale de la Coupe du monde de football, France-Allemagne.

Vingt-quatre ans que la France attendait ça depuis l'épopée de la bande à Just Fontaine en Suède en 1958.

Après cette journée à déambuler dans la cité entre gais chenapans, nous ralliâmes prestement nos logis pour suivre ce match de légende en famille.

J'étais à des années-lumière d'imaginer que j'allais vivre ma première tragédie grecque sans le savoir, *Phèdre* passant pour un mauvais épisode des *Feux de l'amour* à côté.

La hanche de Schumacher qui détruit la mâchoire de Patrick Battiston, ses molaires et incisives plantées dans le gazon du stade Sánchez-Pizjuán de Séville, Michel Platini qui tient la main de Battiston sur la civière, puis le raté de Maxime Bossis sur le tir au but fatidique...
Si j'ai dû perdre quelques lecteurs(trices) non-initié(e)s au football, je vous prie de m'excuser pour la gêne occasionnée.
Merci au passage à la SNCF pour ce verbatim passe-partout à vomir.
Mais je sais que ce "drame sportif" a marqué quasiment toute une nation.
Même mon père, allergique au football, bousilla la télé de fureur devant la pire injustice de l'histoire du sport.

Giannis, fils unique, vivait seul à la cité avec sa mère, Martina, dans un F3.
La fenêtre de sa chambre donnait sur la voie rapide, l'exposant au ressac sourd d'un macadam soumis aux gommes vrombissantes des voitures qui avaient tendance à bombarder sur cet axe routier blafard.
Son père avait quitté sa mère avant sa naissance mais nous n'en savions pas plus sur cette question taboue.
Dès son plus jeune âge, Giannis était un fin calculateur avec une âme d'entrepreneur, un peu borderline, lorsqu'il truquait nos parties de billes ou de tennis en masquant habilement ses subtiles tricheries.
Il se débrouillait pour être le seul à détenir les précieuses images *Panini* qui nous manquaient à tous pour achever nos albums de *Goldorak* ou de *Capitaine Flam*.

Il les vendait aux enchères avec une mise à prix de 20 centimes l'image.

Nous avions même droit à un dégressif volume si on lui achetait cinq images d'un coup : un franc au lieu d'un franc et vingt centimes : Byzance !

Ce sens précoce du commerce et le système D provenait possiblement du fait qu'il vivait assez chichement.

Sa mère était secrétaire à France Telecom et les dépenses étaient comptées chaque mois.

C'était une personne assez froide, qui ne témoignait pas ouvertement d'affection pour son fils, du moins, c'est l'impression que j'en avais.

Voilà d'où pouvaient parvenir cette force et cette maturité chez Giannis.

Il était très soigneux, il bichonnait ses polos Sergio Tacchini et ses baskets Nastase comme personne.

Il s'était même procuré avant tout le monde la console de jeux Atari 2600 - allez savoir comment - et nous passions nos mercredis après-midi dans sa chambre à nous tirer la bourre sur *Donkey Kong* ou *Pac-Man*.

Igor vivait à la cité dans un F3, identique à celui de Giannis.

La fenêtre de sa chambre donnait au loin sur une rivière, la Viosne, qui longeait une partie adjacente de la cité.

Il pouvait entendre son ressac lointain, même s'il fallait bien tendre l'oreille pour s'en délecter.

Sa mère l'avait abandonné à sa naissance mais là encore, nous avions trop de pudeur entre nous pour ne pas développer avec lui ce point à lourde pesanteur.

Fils unique, il était élevé par ses grands-parents paternels, originaires de Yougoslavie - de Serbie, dira-ton aujourd'hui - plus précisément de Novi Sad, deuxième ville du pays situé à une centaine de kilomètres au nord-ouest de Belgrade.

Ils avaient vaillamment fui le régime sanguinolent du dictateur Tito dans les années 50, si ma mémoire ne me fait pas défaut.

Nous n'avions pas d'informations sur son père, excepté que c'était un héroïnomane errant mais là encore, nous ne cherchions pas à en savoir plus.

Il faut rappeler que les années 80 furent l'âge d'or du shoot, où les seringues provocantes virevoltaient un peu partout dans les airs, tels des frelons asiatiques, pour inoculer leur sinistre *Brown Sugar* dans ces milliers de veines innocentes.

Ses grands-parents étaient un modèle d'intégration et parlaient un très bon français, mâtiné de cet accent slave qui leur donnait ce côté si sympathique.

Son grand-père, boute-en-train de la première heure, adorait nous balancer ses calembours préférés :

« C'est un peu tôt... télégraphique ! »
« C'est un peu tard... du 14 juillet ! »

En revanche, leur éducation envers Igor était quelque peu laxiste et c'est un doux euphémisme.

Igor pouvant faire à peu près tout ce qui lui passait par la tête.

Comme ébouillanter des mouches attrapées en plein vol ou encore congeler des souris mortes éventrées par leur chat à l'œil droit crevé, Zoran.

Igor était le plus âgé de la bande, il était de 1971.

Tout comme Giannis, mais dans un registre foncièrement différent, il était très en avance sur de nombreux aspects.

Ceux de la rébellion, de la colère, de la noirceur.

En arrivant devant sa chambre, on pouvait mieux saisir sa dimension parallèle.

Sur sa porte un *Big Jim* crucifié et ensanglanté avec du vernis à ongles et le mannequin

en bois O'Cedar - pour ceux qui se souviendront de lui dans la pub télé - pendu en haut du plafonnier, revêtu d'une cagoule noire sur la tête.

Igor devint kepon par la suite, soit punk en verlan.

Tout comme le shoot, les années 70-80 furent l'âge d'or de cette musique, de ce mouvement.

Mouvement qui avait été incarné par le groupe Sex Pistols et son leader John Lydon.

Mais Igor était lui un fan inconditionnel des Dead Kennedys, groupe de punk hardcore, originaire de San Francisco.

La devise de ce mouvement était *No Future* avec l'anarchisme pur et dur comme étendard.

Les punks détonnaient par leur style reconnaissable entre tous.

Dès son entrée au collège, Igor arborait une crête peroxydée sur le crâne et venait à l'école avec un rat blanc sur l'épaule, répondant au sobriquet d'Acid.

Cet animal dégage quelque chose de répugnant, mais je le trouvais sympa, moi, Acid, il faut dire qu'Igor avait su le dresser plus que correctement.

Igor refusait le système et crachait glorieusement sur tout conformisme asphyxiant.

Son penchant pour envoyer tout foutre en l'air me rendait presque jaloux.

Un bref raccourci de psychologie de comptoir pourrait attester ce comportement destructeur par le manque d'amour de ces deux parents absents.
Mais je ne voulus pas tomber dans cet écueil trop lisible.
Et je me contrefoutais des sentiers de la perdition freudienne.
Igor était mon frère d'armes, mon copain et je l'aimais tel qu'il était, sa singularité était sa force.
Abdoulaye vivait lui dans un F5 au sein d'une famille nombreuse.
Cette famille y demeurait à l'étroit avec ses cinq frères, Moustapha, Mahdy, Kalidou, Habib et Thierno le cadet.
Abdoulaye était l'aîné de la fratrie, ce qui lui valait le surnom de Koto, nom donné pour l'aîné chez les Peuls.
Les autres frères s'appelaient entre eux par leurs prénoms respectifs mais tous devaient appeler leur grand frère Koto.
Koto était né à Ziguinchor, en Casamance, région au sud du Sénégal.
Ses parents avaient émigré en France à la fin des années 70, attirés par les sirènes de l'eldorado européen.
Abdou était trapu avec une peau de cuir, un mini-Tyson avec ses sourcils taillés en accent circonflexe.
Sa mère répondait au doux prénom de Rokhya.
Elle travaillait de nuit en faisant le ménage dans les banques, concassant ses lombaires émoussées sur l'autel du grand capital.
Son père, Amadou, quant à lui, était le majordome - ou le garde-malade dira-t-on - du fondateur agonisant d'un des plus importants laboratoires pharmaceutiques mondiaux, le laboratoire "Sarvier".

Il passait le plus clair de son temps à s'occuper de ce grabataire acariâtre et milliardaire, dans son hôtel particulier du 16e arrondissement de Paris, avenue Henri-Martin ou peut-être avenue Foch, je ne sais plus. Ce métier vécu comme un authentique sacerdoce mais aux émoluments généreux, permettait à toute la famille de vivre décemment.

Les parents d'Abdoulaye, musulmans, étaient très pieux.

Son père avait récemment effectué son hajj, c'est-à-dire son pèlerinage à la Mecque, un des cinq piliers de l'Islam, que tout fidèle se doit d'accomplir au moins une fois dans sa vie, s'il en a les moyens financiers, qu'il soit chiite ou sunnite d'ailleurs.

Ses parents étaient à la fois très rigoureux et très tolérants lorsque les quatre garnements venaient mettre le foutoir dans la chambre d'Abdou le week-end venu.

Les horaires étaient inflexibles pour Abdou et il était le premier de la bande à rentrer chez lui, par crainte du regard inquisiteur de son père.

Une vie bouillonnante régnait dans cette famille avec les cinq frangins dans l'appartement - appartement fréquemment embaumé par les délicieuses effluves de mafé ou de poulet yassa - effluves un peu moins délicieuses en revanche, lorsque c'était le tiep au poisson qui mijotait.

Ça criait, ça riait, ça grondait, ça vivait haut et fort. Abdou, c'était le plus costaud de la bande, football, athlétisme, basket, c'est simple, il nous explosait tous sur place, et ce quelle que soit l'activité sportive.

Mais ce qui le définissait le mieux, c'était cette banane qui habillait son visage.

Et puis, il y avait Walter.

Un p'tit bonhomme facétieux aux yeux turquoise pleins de malice.

J'étais fils unique, ce qui vous permettra de noter que la famille d'Abdou comportait autant de membres que nos trois autres familles cumulées.

Je vivais dans un pavillon coquet.

L'intérieur de la maison était assez baroque avec des mélanges de boiserie ancienne et de chaises orange en plastique transparent, collant à l'éclectisme avéré de mes parents.

Le jardin, d'une surface modeste – 200 ou 300 m² peut-être –, ressemblait à un mini parc floral.

Les fleurs pour ma mère, dahlias, primevères, impatiences – Aaah, qu'est-ce qu'elle pouvait râler après que je les explosais en shootant dedans avec mon ballon *Corner*.

Les arbres pour mon père, tilleuls, bouleaux et autres charmes, peuplaient cet espace d'une sérénité salutaire.

Mon ressac à moi, c'était le bruit du vent dans les feuilles, une fois le printemps confortablement installé dans son trône.

Permettez-moi ici un aparté sur ce mot ressac que vous avez pu lire et lirez encore à nombreuses reprises dans mon récit.

Le mot ressac est mon mot préféré de la langue française.

J'ai toujours admiré ce mot pour son concept d'immortalité, de mouvement perpétuel, cette notion de violence, cette violence du malheur, cette violence du bonheur surtout.

Si l'on se tient à la lettre à la définition exacte du dictionnaire Le Robert, le ressac est un « *retour brutal des vagues sur elles-mêmes, lorsqu'elles ont frappé un obstacle.* ».

Contrairement au bruit des vagues qui ondulent légèrement qui est lui, défini par le terme de clapotis, terme que je trouve sémantiquement moins tranchant.

Et puis, reconnaissez que *Vivre avec le clapotis* aurait moins bien sonné comme titre, non ?

Aparté refermé.

Mes parents avaient hérité de cet attachement pour la nature de leur enfance.

Celle de mon père qui avait grandi à Saint-Vaast-d'Equiqueville, un bourg situé dans les terres à une vingtaine de kilomètres de Dieppe.

Celle de ma mère passée à Jouy-le-Moutier, commune proche de Pontoise et qui était encore composée de champs de blé avant que l'intraitable moissonneuse-batteuse d'urbanisation des années 60-70 ne vienne défigurer toutes ces belles aquarelles.

Ma mère, Bernadette, était déléguée médicale, elle vendait des antidépresseurs aux médecins pour le compte d'un laboratoire lyonnais.

Elle gagnait relativement bien sa vie, même si elle l'aurait gagnée dix fois mieux aujourd'hui au regard de l'expansion exponentielle du mal-être de notre nation déclinante.

Mon père, Michel, était coiffeur dans un salon parisien renommé, Alexandre, situé avenue de Matignon.

Il avait même été Champion de France des coiffeurs en 1963 sur 500 participants.

Ma brosse années 80 était taillée de façon aussi rectiligne qu'une rangée de buis du château de Versailles.

Je me souviens que la musique était omniprésente à la maison.

Mon père bricolait le week-end aux sons des Bernard Lavilliers, Jacques Brel, Mouloudji ou encore Gérard Manset, chanteur à la poésie mélancolique, beaucoup trop méconnu selon moi.

Il chantait à tue-tête en lasurant la pergola en bois qui ombrageait la terrasse, pergola qu'il avait construite de ses propres mains, avec la glycine qui venait s'enrouler gracieusement autour.

Quelle fragrance, cette glycine, ma première jouissance olfactive.

Je mesure la chance d'avoir eu la plus belle des enfances, une enfance à la Boule et Bill comme j'aime à l'appeler.

Comme dans la bande dessinée, nous avions même une tortue au fond du jardin, qui s'appelait Clochette et non pas Caroline.

La chance d'avoir eu des parents aimants, à une époque où les parents n'inondaient pas encore leurs enfants soleil de « Je t'aime, mon cœur » de façon galvaudée.

Ces « Je t'aime », je ne les avais pas entendus verbalisés par mes parents à mon égard.

Je percevais une sensation mille fois plus puissante.

Lorsque je lisais leur amour dans leurs pupilles scintillantes.

Lorsqu'ils m'attendaient à 16h30 devant le portail de l'école primaire, avec un flan caché sous le manteau.

Lorsqu'ils remontaient affectueusement le col de mon anorak par temps frais.

Lorsqu'ils étaient accoudés les samedis après-midi à la rambarde d'un stade en s'égosillant d'encouragements devant leur fiston qui plaquait à tout-va lors d'un match de rugby en poussins.

Sinon, j'étais le conspirateur en chef de la bande, celui qui fomentait le moindre traquenard gentillet.

Quand je me rendais aux magasins de Farces et attrapes pour acheter des boules puantes ou du fluide glacial.

Boules puantes qui étaient ensuite savamment balancées par mes soins en plein contrôle de maths, ce qui forçait Monsieur Guichard à évacuer toute la classe au regard de l'odeur pestilentielle qui s'était répandue.

Je me dénonçais aussitôt en arguant d'être pris d'une soudaine gastro-entérite aux reflux colorectaux méphitiques.

Cela passait comme une lettre à la poste.

J'avais échappé à un contrôle de maths, ma mère venait me récupérer à l'école et j'avais droit, en rentrant à la maison, à un gros câlin avec un *Pif Gadget,* un Raider et une cannette de Banga devant *Récré A2.*

Refait, comme disent les jeunes d'aujourd'hui.

Cette farce de bandit, mignonne et dérisoire pour le coup, révélait en moi un attrait pour la manipulation, qui allait jalonner les bornes kilométriques de ma vie, mais cela, je ne le savais pas encore.

Nous avions tous les quatre cette appétence pour le vice, excepté Abdou qui était intrinsèquement un peu plus frileux sur le sujet.

Nos premiers larcins bourgeonnaient : vol de bonbecs à l'étalage, racket de pièces de un franc auprès des plus faibles.

Dans la pyramide de la chaîne alimentaire, nous avions choisi notre ordre, nous ferions partie du super-ordre des sélachimorphes, scientifiquement parlant.

Plus concrètement, nous ferions partie de la famille des grands requins blancs, alors que d'autres seraient condamnés à vivre toute leur vie comme du krill précaire.

– Choisis ton camp, camarade ! –

Le temps de l'insouciance et du *No Filter* allait durer encore une bonne dizaine d'années jusqu'au début des années 90.

Suivez-moi, Walter vous y téléporte de ce pas.

1993

Nous avions tous atteint les vingt piges et les jeunes pousses – ou les ronces, c'est selon – avaient bien grandi.
Giannis, Abdou et moi-même avions été emportés par la naissance du rap français à la fin des années 80 et plus globalement par le mouvement Zulu Nation, une mouvance hip-hop créée aux Etats-Unis par un DJ du South Bronx : Afrika Bambaataa.
La devise de ce mouvement était « Peace, Unity, Love and Having Fun ».
Il était composé de trois disciplines : le rap, le breakdance et le graff – ou graffiti, soit des fresques dessinées sur les murs, pour les non-initiés.
Igor ne nous avait pas suivi dans ce mouvement, loyal à ces Dead Kennedys et à la scène punk française comme les Bérurier Noir ou encore Ludwig von 88.
Nous avions trouvé chacun notre voie dans ces disciplines :
Le graff pour Giannis, le breakdance pour Abdou – avec son corps d'athlète, c'était *easy-going* pour lui – et le rap pour moi – mon attirance pour jongler avec la langue française, déjà.
Nous avions formé un crew – une bande en américain – répondant à l'acronyme de SMB, signifiant Seuls Maîtres à Bord.

Nous avions nos alias : *Ekraz* pour Giannis, *Fury* pour Abdou et *Nekroz* pour ma part – comme une forme d'attraction pour la mort peut-être -.

Au-delà du graff, art moins accessible car il fallait avoir du talent – une pensée pour Bando et Spank, les maîtres incontestés en la matière sur Paris à l'époque – c'était aussi la grande mode du tag.

Laisser son empreinte, la patte de son crew sur tout ce qui pouvait l'être.

C'est ainsi que tous les trains Paris-Pontoise étaient bariolés à tout va d'*Ekraz*, de *Fury* et de *Nekroz* pour ne parler que de nous.

« Putain, c'est loin tout ça, c'est loin, j'ai passé mon adolescence à défoncer des trains », spéciale dédicace à Kool Shen.

Les abribus et autres mobiliers urbains en prenaient aussi sévèrement pour leur grade.

Il y avait une notion de défi dans le tag, celui d'aller apposer notre griffe sur des emplacements symboliques, souvent d'accès dangereux.

Escalader les grilles de la mairie pour barbouiller son écorce bureaucratique si épaisse, souiller le mur répressif de l'hôtel de police de Cergy, s'approprier l'entrée de chacun de nos collèges et de nos lycées, pour marquer notre territoire, telle une meute de loups.

Nous agissions de manière nocturne comme des hiboux grands-ducs pour ces embardées picturales risquées.

Pour un lectorat pointilleux, je tiens à vous indiquer que pour notre atelier d'artistes, nous utilisions exclusivement des bombes de peinture de la marque Belton et des marqueurs Posca pour les parois plus lisses, comme les surfaces vitrées.

Nous étions devenus de gentilles racailles d'eau douce, pouvant s'aventurer tout de même parfois en haute mer.

Giannis, Igor et moi-même avions commencé à dealer du shit ou du haschisch si l'on veut être moins familier.

Nous concernant avec Igor, c'était plus pour financer notre consommation personnelle, tout en générant un peu de cash tout de même.

Alors que Giannis n'était pas fumeur du tout de quoi que ce soit, quelle connerie de balancer son argent en fumée, voyons !

Giannis s'était enfin lancé dans l'entrepreneuriat, illicite certes, mais entrepreneuriat tout de même.

En achetant des 25 grammes de résine de cannabis, 500 francs à l'époque pour revendre ensuite à la coupe 10 barrettes de 2,5 grammes à 100 francs la barrette.

Vous aurez fait le calcul - pas besoin d'être Euclide pour cela - nous étions sur un modèle économique à 100% de marge : 500 francs investis en rapportaient 1000.

Giannis avait ses entrées à la cité des Francs-Moisins à Saint-Denis dans le 9-3, une cité qui devait se composer de 5000 habitants au moins – bon, en même temps, c'est assez idiot de ma part d'écrire cela car je n'avais pas compté tout le monde – mais je pense objectivement que 5 000 était une estimation assez juste.

Des quadrilatères amers à perte de vue composaient cette cité où les points de deals pullulaient dans les cages d'escalier.

Nous allions acheter, tous les trois, nos 25 grammes chaque samedi pour avoir de quoi tenir notre deal pour la semaine.

Nous avions compartimenté nos affaires sans association de malfaiteurs et nous avions chacun nos propres circuits de distribution.

Le business était florissant et nous réduisions la prise de risque au maximum en ne dealant qu'aux mêmes personnes, à savoir à des connaissances sûres, disons des potes, soyons francs.

Igor et moi-même cramions notre oseille au fil de l'eau : carré VIP et whisky à gogo dans la boîte de nuit de la région ; le Grisy Apple's, une des plus grandes boîtes de nuit d'Europe à l'époque.

Giannis la fourmi, préférait amasser et empiler ses profits semaine après semaine pour faire croître son monticule d'or, façon caverne de Picsou.

Abdoulaye n'était pas de la partie, innervé par la rigueur éducative qui était la sienne.

Comme quoi, il n'existe pas de gène ethnique de la délinquance, chère "Narine La Peine".

Abdou fumait tout de même quelques joints avec Igor et moi dans notre parc municipal des Lavandières à Pontoise, le transistor à piles à cassette qui va avec – bon, il n'avait pas l'autoreverse celui-ci – où nous étions allongés dans les hautes herbes au son des paroles de Bob Marley : « Sun is shining, the weather is sweet ».

Le deal n'était pas la seule impureté qui était venue nous infester.

Giannis, Igor et moi-même avions exploré le braquage du krill vulnérable.

Abdou était encore hors-jeu sur ce coup.

C'était la mode des blousons Starters, ces blousons des équipes de la NFL (National Football League) soit la ligue de football américain des Etats-Unis.

Le bleu des New York Giants, le doré des San Francisco 49ers, le noir des Los Angeles Raiders étaient les plus courus.

Nous flairions méthodiquement nos proies et une fois isolées dans une ruelle déserte, c'est à grand coup de balayettes – technique permettant de mettre vos victimes à l'horizontal en moins de deux - que nous dépouillions nos victimes de leurs précieuses tenues.

Les balayettes et vociférations braillardes de notre part suffisaient à ce que nos prises se délestent de leurs biens sans ciller.

Mais pour les cas les plus retors ou en quête d'héroïsme malencontreux, Igor le psychopathe, sortait son couteau de survie - la réplique de celui de Rambo - et le plaquait d'un coup sec sous la gorge de nos victimes récalcitrantes , sur le côté non tranchant de la lame, il ne faut pas exagérer non plus.

Cela faisait son petit effet et nous avions un taux de transformation de 100% dans nos méfaits délictuels.

Nous recelions ensuite nos trophées dans nos divers réseaux de connaissances, de mémoire, nous les revendions entre 300 et 400 francs.

Des sommes conséquentes qui nous conféraient un train de vie grassouillet pour nos âges.

Nous avions un autre vice qui avait germé dans nos bulbes désaxés de grands-blancs, à savoir les cambriolages.

Idem que pour le deal, la prise de risque était finement calculée.

Nous arpentions en plein été les rues des faubourgs argentés de Pontoise, la rue Saint-Jean ou le boulevard Jacques Tête pour ne citer qu'eux.

Nous nous calquions à l'héliotropisme annuel de ces estivants embourgeoisés en localisant, au mois d'août, les volets fermés de ces maisons en meulière.

A l'époque, il n'existait pas encore ces champions du monde de la délation : "Verysure" et leur pub paranoïaque aux relents xénophobes :

« Dis-moi, Chantal ? Tu as remarqué qu'il y a de plus en plus d'arabes qui traînent dans le quartier ? Tu as pensé à t'abonner à "Verysure" ? Nous y avons souscrit avec Bernard et du coup, nous partirons l'esprit tranquille cet été au Cap Ferret ! »

Bon, le slogan de leur pub n'était pas tout-à-fait celui-ci sur la forme, je vous l'accorde, mais sur le fond, c'était tout comme.

Nous inspections ces rues en plein jour avec leurs rangées de tilleuls charnus et avions nos cibles verrouillées pour la nuit.

Nous éradiquions toutes les maisons avec ce boîtier gris et son gyrophare orange fixé ostensiblement pour effaroucher les brigands et nous avions ainsi notre plan de maillage nocturne.

Nous procédions de façon militaire, habillés comme des membres du GIGN, soit en noir de la tête aux pieds, avec les gants de rigueur, pour éviter tous relevés d'empreintes par la maréchaussée.

Les assauts se faisaient entre trois heures et quatre heures du matin à l'heure propice où tous les chats sont gris.

Généralement la semaine du 15 août où 90% des bourgeois de banlieue étaient en train de faire griller leur pilule blême à Saint-Tropez ou à La Baule.

De plus, aucun problème avec les Sultan et autre Rex qui pourraient venir clabauder stupidement, puisque leurs maîtres voyageaient systématiquement avec leurs bergers allemands asservis.

Abdou, bizarrement pour le coup, nous suivait dans ces opérations commandos.

Il ferait le guet dans la rue, faut pas déconner non plus.

Mais ce rôle de guet était très stratégique, un bref sifflement nous alerterait d'une activité suspecte dans la rue (passants, ronde de flics...)

L'avantage, c'est qu'Abdou savait super bien siffler en plus.

Giannis, Igor et moi-même escaladions habilement les palissades, en prenant soin de ne pas s'empaler sur celles qui étaient taillées en forme de hallebardes.

Nous cherchions si une fenêtre du pavillon n'avait pas de volets fermés, ce qui était étrangement souvent le cas.

Nous étions équipés de notre arme infaillible : un morceau de bougie de voiture.

Nous jetions ensuite ce bout de céramique sur la vitre, via un geste travaillé à l'entraînement, s'apparentant au geste légendaire du coup droit lifté de Thomas Muster, tennisman autrichien de l'époque, spécialiste de la terre battue.

Les vitres se brisaient avec un bruit relativement limité.

Une fois introduits dans la maison, nous avions notre partition réglée :

Giannis s'attaquait au salon pour tout ce qui concernait la hi-fi, terme qui pourra paraître abscons avec le numérique roi d'aujourd'hui mais, oui, c'était l'âge d'or de l'analogique à l'époque.

Téléviseur Hitachi, magnétoscope Panasonic, platine Technics, ampli Dual, baffles JBL.

Sur ce sujet de la hi-fi, nous avions parfois droit au jackpot, à savoir un salon tout équipé en Bang & Olufsen.

Une marque danoise, la Rolls de la hi-fi de l'époque, au prix prohibitif mais plus pour son design singulier que pour ses qualités acoustiques, largement surévaluées selon moi.

Pendant que Giannis se chargeait de débrancher les différentes connectiques des appareils dans le salon, Igor et moi visitions le premier, voire les étages, à la recherche de bijoux de famille, voire de cash.

Il faut l'avouer, le cash stocké à domicile était devenu rarissime.

Mais en tâtant le dessus des armoires, nous tombions parfois sur quelques liasses de Pascal.

Des billets de 500 francs de l'époque pour mon lectorat de moins de 20 ans.

Assurément, le plus beau billet de banque de tous les temps, toutes monnaies confondues.

Dans ces cas très isolés, je pense que nous devions avoir affaire à un couple de seniors qui devaient être en molle retraite du côté de Cannes ou d'Antibes – les deux plus grands Ehpad mordorés de France – et qui avaient gardé de vieux réflexes conservateurs ou un scepticisme encore prégnant envers les banques françaises.

Pour ce qui est de la joncaille – ou des bijoux si vous préférez, pour ceux qui ne seraient pas fan de l'argot de Michel Audiard – nous allions à l'essentiel : l'or et l'argent.

Une fois nos rapines terminées, nous repartions illico escalader les grilles des pavillons.

On galérait un peu parfois pour transvaser toute la partie hi-fi, mais c'est là que l'apport d'Abdou était double, puisqu'il nous était d'une aide précieuse à la réception du matériel avec ses biceps façon Mister T, alias Barracuda dans *L'Agence tous risques*.

Nous chargions ensuite l'ensemble de notre butin dans le vieux Citroën C15 diesel du grand-père d'Igor.

Véhicule à la laideur prononcée mais très fonctionnel pour son côté mini-camionnette.

Igor et moi-même retournions en voiture à la cité de Marcouville pendant qu'Abdou et Giannis rentraient eux à pied à la cité, la limite technique de cambrioler avec un véhicule utilitaire avec seulement deux places assises.

Nous stockions l'ensemble de notre délit dans le garage souterrain des grands-parents d'Igor.

Garage qui était un vieux bric-à-brac poussiéreux où Zlatko, le grand-père d'Igor, ne mettait pas les pieds, préférant garer son C15 sur leur place de parking en surface.

Concernant la partie hi-fi et bijoux, nous refourguions tout cela dès le lendemain à notre receleur en chef de la cité, Hakim, surnommé "Chinois" pour ses yeux bridés - bizarre pour un kabyle, non - ?

Il nous tordait sur la négo en nous achetant tout cela au rabais, mais cela nous convenait au fond.

Easy Money.

Pour la clé de répartition financière, la règle était simple : 30% pour Giannis, 30% pour Igor, 30% pour moi et 10% pour Abdou.

Bah quoi ? 10% pour un sifflement et pour recueillir des enceintes, c'était bien payé, non ?

Je crois qu'avec cette règle lors de notre cambriolage le plus juteux, Abdou avait touché la coquette somme de 3000 francs.

Ce qu'il fallait retenir avant tout de cela, ce n'était pas tant la notion de l'appât du gain mais avant tout l'excitation que cela nous procurait.

La notion de danger, de prise de risques, nous stimulait avec une forte délivrance d'adrénaline qui jaillissait en nous.

Tout comme aller taguer un *Fuck The Police* sur le mur du commissariat.

Tiens, sans transition aucune, mais où en étions-nous au fait au niveau de nos itinéraires scolaires ?

Giannis, peu enclin aux études, avait obtenu un BEP électrotechnique.

Nonobstant son esprit rebelle, Igor avait tout de même décroché un bac G option commerce.

Abdou avait brillamment obtenu un bac scientifique avec mention, servi par sa rigueur et son ambition.

Quant à moi, j'avais piètrement obtenu un bac lettres et langues au rattrapage, avec une moyenne de 10 sur 20 tout pile.

Pour ce qui est du continuum de nos cursus, Giannis avait trouvé un job dans une usine de composants électriques dans la zone industrielle d'Osny, tout près de Pontoise.

Concernant Igor, pas question pour lui, de monter un étage supplémentaire dans l'ascenseur scolaire.

Il avait décidé de changer de vie et partit s'établir à Londres dans le quartier de Camden Town, épicentre de la vie punk en Angleterre.

Même s'il avait consumé la majeure partie de ses bénéfices façon Epicure, il lui restait un bas de laine qui lui permettrait de voir venir quelques mois.

Pour le reste, je ne me faisais aucun souci pour lui, il saurait se débrouiller en grand-blanc pour survivre en terrain hostile.

Avant de poursuivre les longues études qui se dessinaient à lui, Abdou était rattrapé par le service militaire obligatoire.

Tout homme majeur devait passer à l'époque par cette case stupide.

Par chance, la loi Joxe avait raccourci cette durée de travaux forcés de 12 à 10 mois en janvier 1992.

Pour vous expliciter ce sujet de façon plus fouillée, il y avait un test de l'armée obligatoire qui s'appelait « Les 3 jours » pour déterminer l'aptitude des hommes majeurs à passer leur service militaire ou non.

A l'issue de ce test, vous étiez soit aptes, soit réformés.

Giannis et Igor avaient passé ce test et tous les deux avaient échappé à l'enrôlement en étant déclarés inaptes, pour des raisons encore diamétralement opposées.

Pour Giannis, c'était soi-disant à cause d'une vague histoire de pieds plats.

Peut-être avait-il corrompu un gradé en tapant un peu dans sa caverne de Picsou ?

En tout cas, il s'était encore débrouillé comme un chef, Mister Système D.

Pour Igor, ce fut une tout autre histoire.

Lors de l'entretien final avec le gradé qui devait décider son aptitude ou non, il avait exprimé vouloir faire son service militaire car il voulait tuer des gens.

Résultat : réformé niveau P5 - le plus haut degré de sanction - qui vous empêche ensuite de travailler dans le civil à vie dans la fonction publique.

Igor vécut cela comme une récompense, voire comme un trophée, lui qui conspuait l'ordre établi.

Un internement de quelques semaines en hôpital psychiatrique militaire suivit cette sanction et il fut ensuite libéré de toutes obligations envers l'Etat.

Pour ma part, je fus déclaré apte après ces 3 jours.

Mon père connaissait par son réseau professionnel quelqu'un de haut placé au ministère de la Défense.

Et vu qu'il portait peu en lui les lourdeurs de l'Etat, il fit jouer cette carte relationnelle et je reçus quelques mois plus tard un courrier dans ma boîte aux lettres m'informant que je serai exempté.

La nuance entre réformé et exempté se situait dans le fait qu'en tant qu'exempté, vous n'étiez pas banni dans le civil pour travailler dans la fonction publique.

Quelle nouvelle grandiose !

Je pourrais ainsi un jour peut-être réaliser mon rêve caché de devenir contrôleur RATP ou inspecteur des impôts.

Abdou n'avait, lui, utilisé d'aucun coup tordu pour échapper à ce service militaire obligatoire.

Il avait dynamité tous les tests physiques et psychologiques et fut déclaré apte avec un vrai potentiel de carrière militaire selon la conclusion du rapport du gradé.

Il fut affecté au prestigieux régiment de la 2e Division Blindée à la caserne d'Illkirch-Graffenstaden, près de Strasbourg, pour ses dix mois de pénitence.

La 2e DB, appelée Division Leclerc du nom du général qui la commandait – Philippe Leclerc de Hauteclocque pour être précis – fut l'incroyable fer de lance de l'armée française pendant la libération.

En libérant Paris et en obtenant la reddition du général allemand Dietrich von Choltitz le 25 août 1944.

Il fut le premier régiment à pénétrer dans le *Kehlsteinhaus* – le Nid d'aigle – à Berchtesgaden, ce lieu de villégiature si cher à Hitler.

Cette parenthèse historique refermée, je pense qu'Abdou voyait comme une fierté l'idée d'intégrer ce régiment à l'histoire marquante et cela correspondait peut-être au fond à l'éducation martiale qu'il avait reçue.

Comme un trait d'union aussi, lui, dont son ancêtre tirailleur sénégalais avait laissé sa vie et son sang se vider dans les tranchées de Verdun lors de la Première Guerre mondiale.

Giannis parti bosser, Igor parti à Londres, Abdou parti à l'armée, mais où allais-je donc partir de mon côté ?

Dans un élan peu glorieux, une fois le bac en poche, je m'étais inscrit par défaut via le Minitel - en gros, Parcoursup via l'internet de l'époque - en fac d'économie à l'université de Nanterre-Paris X, rien de Paris et plein de Nanterre.

Il m'aura fallu moins de trois mois pour m'apercevoir que les théories économiques de John Maynard Keynes ou encore de Joseph Schumpeter et ses démonstrations nauséabondes à la gloire des chefs d'entreprises, ne m'enchantèrent guère, je dirais même, me dégoutèrent carrément.

Je stoppai net cette erreur de casting, de celle qui forge une vie.

Je me retrouvai à nu, en pilotage automatique sur une autoroute de mystère.

C'est alors que me vint une idée pour trouver une bretelle de sortie.

Et si en cette année sabbatique, j'allais rendre visite quelques mois à l'ami Igor à Londres pour parfaire mon anglais et, espérons, devenir bilingue.

J'avais un bon niveau avec mon 17 sur 20 obtenu au bac.

Dédicace en passant à tous les rappeurs américains de l'époque : KRS One, Eric B & Rakim, Run DMC, Public Enemy - et tant d'autres - dont j'avais passé des heures à traduire les textes sur papier, muni de mon dictionnaire Harrap's et de mon stylo-plume Waterman.

Cette envie d'évasion, c'était avant tout pour retrouver mon frère d'armes.

Je déboulai en plein hiver dans le froid mordant de la perfide Albion.

Lors de nos retrouvailles, Igor ne fut pas loin de me casser deux ou trois côtes en m'étreignant dans ses bras, façon virile, attention hein !

Concernant la situation d'Igor, elle n'était guère reluisante, on peut objectivement le dire.

Il vivait dans un squat près de Portobello Road, l'équivalent du marché aux puces de Saint-Ouen.

Il baignait dans son univers déjanté avec ses collègues britanniques.

Les cannettes de bières jonchaient sur le sol en guise de matelas rugueux et le son des Dead Kennedys résonnait à fond dans son ghetto blaster.

Le bas de laine d'Igor, victime de sa gabegie, avait fondu comme neige au soleil.

Il vivotait de boulots et d'arnaques à la petite semaine.

Une parenthèse ici concernant l'accueil de mes parents pour cette initiative d'émigrer vers des cieux brumeux.

Mon père et son éducation large me dégaina :

« T'es grand, Fils, à toi de choisir ta route, alors fonce ! »

Ma mère fut plus réticente et essaya de me dissuader vainement de cette initiative au goût d'aléas trop pimenté pour elle.

Elle, qui aurait imaginé son fils devenir un avocat ou un chirurgien reconnu.

Mais lorsque je les quittai sur le perron du pavillon, baluchon sur l'épaule, pour m'envoler transmanche, je perçus une nouvelle fois ces « Je t'aime » non verbalisés si émouvants, avec leurs regards plus conciliants que tracassés.

Encensés par une dernière punchline de mon père :

« Bon vent, Fils ! Et montre-leur qui tu es aux Rosbeefs ! »

Cette parenthèse refermée, revenons à mon intégration à Londres.

J'avais pris financièrement de quoi voir venir, car contrairement à celui d'Igor, mon bas de laine remontait, lui, jusqu'à l'entre-cuisse.

Mais plutôt que de me reposer sur mes réserves pécuniaires de nos délits, j'entrepris de démarcher les plus grands hôtels de Londres pour tenter un avenir en tant que barman.

Serti de mon verbe incontestable, de mon culot enfantin et de mon anglais plus que correct, je me mis en chasse en toquant au bluff à la porte de ces établissements prestigieux.

J'étais convaincu que je finirais par toucher au but, j'étais déter, comme dirait ma fille dans son langage de djeun's d'aujourd'hui.

Ma belle gueule pèserait de plus en ma faveur, il faut le reconnaître modestement.

Après plusieurs échecs cuisants pendant quelques semaines, je concrétisai mon ambition en étant mis à l'essai dans l'un des quatre étoiles les plus luxueux de la ville, à savoir l'hôtel Park Street situé dans l'avenue éponyme.

Je commençai mon poste derrière le bar en zinc - pardon, en marbre - de l'hôtel.

J'eus la bonne fortune d'être formé par Grant, le barman en chef - *typically british* - dont l'exigence n'avait d'égal que sa gentillesse.

Il me coacha et m'apprit toutes les ficelles du métier en quelques semaines avec ses inoubliables :

« Come on ! Hurry up, Froggy ! »

Je fus confirmé après un mois, ma dextérité et mon aisance relationnelle comme force de persuasion implacable.

En sus d'un salaire fixe honorable, les *tips* – ou pourboires – étaient aussi gras que le goitre d'Edouard Balladur dans ce refuge de millionnaires.

Je pus ainsi me loger dans une rue perpendiculaire à Oxford Street.

Les Champs-Elysées londoniens, en plus moche.

Au regard du prix de l'immobilier à Londres, déjà exorbitant à l'époque, j'avais pu ainsi emménager dans un F2 de 35 m^2 et j'étais heureux comme une grenouille chez les Rosbeefs.

Nous nous retrouvions très souvent avec Igor pour s'éparpiller dans tous les pubs plus ou moins crasseux de la ville pour finir dans des états encore plus crasseux, les pintes de Guinness dévalant sur nos foies fourbus.

Pour ce qui est du monde parallèle des psychotropes, Igor avait ouvert la boîte de Pandore en s'engageant de façon glissante dans le monde de l'acide - une pensée émue pour son rat défunt du collège en passant -.

Ce buvard d'1 cm^2 imbibé d'une goutte de LSD, substance à haute propension hallucinogène, qui agit comme un tsunami électrique sur différentes zones du cerveau, tels que les neurotransmetteurs ou encore le lobe temporal.

Il tenta plusieurs fois de faire de moi un prosélyte à cette drogue, mais je résistai fermement, voyant les effets dévastateurs qu'engendrait ce venin chimique sur le comportement de plus en plus délirant d'Igor.

J'étais inquiet pour lui, mais je savais que je ne pourrais pas faire grand-chose face à ce processus inévitable d'autodestruction programmé en lui.

Cinq mois avaient passé et on peut dire que je frôlais le bilinguisme et maîtrisais l'art du cocktail.

J'avais eu le privilège de servir un Cuba Libre - bon, un banal rhum-coca - à Rod Stewart et une Vodka Martini - au shaker, pas à la cuillère - à Pierce Brosnan.

Nous n'étions plus très loin de l'été et après avoir vécu ce périple grisant mais décousu, je me disais qu'il était temps de rentrer dans le plus beau pays du monde : ma superbe France.

Mon pays me manquait pour plein de raisons, l'affreux poulet à la menthe anglais en était une parmi d'autres.

Mais avant cela, je décidai de m'offrir, de leur offrir, de nous offrir, plus simplement d'offrir un week-end à mes parents avec un séjour au Park Street.

Mon père tint à payer le voyage mais je pris à ma charge la suite pour deux nuits.

Soit 8000 francs à l'époque tout de même, mais peu importe, l'argent n'était pas un problème pour moi.

Deux jours inoubliables au gré des Tower Bridge, Carnaby Street, Piccadilly Circus. Magnanime, je vous épargnerai ici l'exhaustivité du *Guide du routard* de Londres.

J'étais conscient de ce doux ressac inestimable que je venais de me créer pour le restant de mes jours.

L'amour subliminal entre un enfant et ses parents.

J'allai rendre visite à Igor pour fêter mon départ en l'arrosant d'une bringue mémorable.

Je le trouvai dans un autre squat, encore plus insalubre que le premier, scotché sous acide en plein babélisme à se battre contre des gargouilles, selon ses dires.

Je tentai de l'extraire de ce cauchemar mais rien n'y fit.

Je finis par tourner les talons en me contentant d'un affectueux :

« So long, Buddy, just take it easy ».

Retour en France, avec la langue de Shakespeare en poche dans mon arsenal de grand-blanc.

Quel plaisir de retrouver les jambon-beurre et l'arrogance française !

Abdou, qui avait terminé son service militaire, allait faire un choix assez déroutant au regard de son adresse intellectuelle et de l'avenir estudiantin radieux qui s'offrait à lui.

Il décida de s'engager dans la foulée en tant que sergent-instructeur à la 2e DB.

Il formerait les futures recrues de ce régiment.

Enseigner la discipline et la rigueur, peut-être fallait-il y voir là un atavisme familial.

Il avait très peu de perms et donc peu de week-ends en famille.

Alors, pour soulager un peu l'échine limée de Rokhya - pardon, de Madame Diallo - je l'emmenais de temps en temps faire les courses le samedi après-midi dans un hypermarché de l'enseigne feue Continent.

Pour faire le plein de victuailles pour toute la famille Diallo, un C15 aurait été idoine, mais ma 205 XR vert pomme était tout de même commode.

Sac de 25 kilos de riz, 6 packs de 6 bouteilles d'eau, 6 douzaines d'œufs, 20 litres de lait...

Et comment ne pas passer à côté des boîtes de Dakatine, cette pâte d'arachide lui permettant de concocter ses savoureux mafés.

C'était d'ailleurs ainsi que j'étais "rétribué" pour ma générosité.

La mère d'Abdou me gratifiait d'un mafé le samedi soir avec toute la famille.

Tous assis autour d'un même plat à se régaler, en mangeant avec les mains, en s'essuyant en se léchant les doigts.

Ce qui avait le don de faire éclater de rire les cinq frangins : un « Babtou », le verlan de Toubab, nom donné aux blancs par les Africains, qui mangeait comme eux, sans couverts, ni serviette, le temps d'un dîner.

Voici un autre doux ressac que je me créais pour la vie : un partage culinaire et culturel, mais avant tout un partage tout court, avec toute la famille de mon frère d'armes.

Prenons maintenant des nouvelles de Giannis.
Suivant sa courbe ascensionnelle prévue, il avait
grimpé les échelons et manageait six personnes en tant
que chef d'équipe dans la même entreprise.
Il s'était mis en ménage avec une bombe atomique qui
répondait au nom d'Isabelle Podlowski, je crois.
Il manque peut-être un "z" dans son nom d'ailleurs, en
même temps, compliqué de mémoriser les noms de
famille polonais, ces noms qui vous feraient remporter
une partie de Scrabble en un seul mot, ah mais non, on
n'a pas le droit aux noms propres au Scrabble.
J'avais d'ailleurs surnommé la belle Isabelle : "Miss
Mot compte triple".
Isabelle était assez pâle intellectuellement et
franchement invivable.
Mais il devait s'en accommoder devant son physique
singulièrement bien doté, pendant les soirées de "feux
d'artifesses" dignes du 14 juillet qu'elle devait lui faire
vivre au pieu.
De mon côté, je lanternais encore nonchalamment
dans les méandres de mon avenir.
Je décidai de m'inscrire à nouveau à la fac pour la
rentrée de septembre, en sociologie à l'université Paris
V-René Descartes, située dans des vieux préfabriqués
pleins d'amiante à Clichy-la Garenne.
Et mon intérêt pour cette discipline fut inversement
proportionnel au rejet de celle pour l'économie.
Je fus d'emblée captivé par cette science humaine.
Une science très éclairante pour mieux comprendre
notre vie quotidienne.
C'est au rythme d'Emile Durkheim – père du
fonctionnalisme avec Talcott Parsons – et de son livre
Le Suicide, de David Easton et son systémisme, de

Pierre Bourdieu et Jean-Claude Passeron pour leur ouvrage *La Reproduction*, que mon esprit et ma vision de la vie allaient s'élargir à 360°.

Ce serait trop long de développer ici tous ces riches courants et théories, même si ce n'est pas l'envie qui m'en manque, mais ce fut une révélation/révolution intellectuelle pour moi.

J'obtins ma licence avec mention.

Cependant, je me rendis compte qu'à part pousser jusqu'au doctorat pour devenir un sociologue de renom, les probabilités pour faire de cette ambition un métier étaient statistiquement aussi minces que Kate Moss de profil.

Je me retrouvai à 23 ans en ménage à trois avec une première femme appelée incertitude et une seconde appelée indolence.

Bizarrement, cela ne me taraudait pas plus que cela, contrairement à mes parents qui commençaient sérieusement à se faire du mouron pour l'avenir bringuebalant de leur fiston.

Avec ma jactance aiguisée, ou dit de façon moins argotique, avec mon verbe haut, je me suis dit qu'il y avait peut-être une expérience à tenter dans le commerce.

C'est ainsi que par un bel après-midi d'été, attablé à une terrasse place Monge, à Paris, avec mon double espresso, je décidai d'acheter le journal *Le Monde* - celui de la belle époque avec Edwy Plenel et Jean-Marie Colombani à la direction - pour y lire les petites annonces d'offres d'emploi.

Oui, oui, il fut un temps où vous pouviez trouver un emploi en ouvrant un journal sans avoir à traverser la rue.

Une offre retint mon attention.

La société "Mediacable" recherchait des vendeurs à domicile pour placer des abonnements à la télévision par câble auprès des particuliers.

J'appelai au numéro inscrit dans le journal et je fus convoqué pour un entretien d'embauche le surlendemain.

Cet entretien fut plus que bref avec cette question directe du recruteur en me tendant un vieux stylo BIC bleu au bouchon mâchouillé :

« Vendez-moi ce stylo ! ».

Un laïus qui parlera aux cinéphiles avertis, tiens, cela faisait longtemps que je n'avais pas fait allusion à mes références cinématographiques.

Alors, vous l'avez ? Jordan Belfort incarné par Leonardo DiCaprio dans *Le Loup de Wall Street*.

Et c'est ainsi que je lui débitai en toute improvisation :

« Vous m'avez dit que c'était aujourd'hui l'anniversaire de votre femme ? »

« Oui » me répondit le recruteur, ma foi, clément.

« J'imagine que vous allez rentrer ce soir à la maison avec un bouquet de roses, en lui écrivant un mot doux à l'intérieur ? »

« Je ne l'avais pas prévu, mais c'est romantique, vous avez raison » me rétorqua-t-il

« Alors, vous avez besoin de ce stylo ! »

Quelques secondes d'interrogation dans les yeux du recruteur, puis il m'annonça promptement avec son rictus de squale :

« C'est bon, vous êtes embauché, vous commencez lundi prochain si ça vous va. »

Je fus gagné par une sensation assez contradictoire : décontenancé et enthousiaste à la fois.

L'enthousiasme redescendit néanmoins quelque peu lorsqu'il me précisa les conditions financières du contrat de travail.

Un salaire fixe de 2000 francs, soit à peu près le prix d'un polo Lacoste aujourd'hui.

Bon, j'exagère un peu mais si l'on indexe ce montant sur l'inflation du coût des matières premières et du cours du pétrole, on ne doit pas en être si loin.

En revanche, il y avait une partie variable plus qu'appréciable, à savoir des commissions par contrat vendu qui permettraient de décupler le fixe, soit 20 000 francs mensuels.

Je ne réfléchis pas, nous nous serrâmes la main et je commencerai le lundi suivant.

Je fus muté dans les Yvelines, à Saint-Germain-en-Laye où se trouvait le siège régional de l'entreprise.

Après deux semaines de formation intensive à la vente, le temps était venu d'en découdre.

Mon chef d'équipe, Dominique Tomanian, un petit bonhomme rondouillard d'1m60 d'origine arménienne qui ne payait pas de mine, me demanda quel secteur je voulais dans la région.

Je lui répondis Saint-Germain-en-Laye en me disant qu'on était chez les rupins et qu'ils auraient les moyens de se payer un abonnement.

Il me fixa de son regard perçant et me dit :

« Ok. A toi de jouer, gamin. »

Je passais mes jours à fureter dans les barres d'immeubles éparses de cette ville, à enquêter auprès des concierges, à sonner aux portails de pavillons bourgeois assoupis.

Et là, je me pris râteau sur râteau, tel Booder qui draguerait des mannequins à la Fashion Week.

Rien de méchant contre Booder, au contraire, il est drôle même, mais ma vanne aurait moins bien marché si j'avais cité Tom Cruise.

Une semaine de prospection dans le dur, dix heures par jour dans l'optique d'un premier contrat.

Résultat : Nada, Niet, Walou !

Je pensais que mon sort était scellé et que j'allais être cordialement renvoyé.

Lors du briefing du lundi suivant, mon chef Dominique me prit à part dans son bureau sans m'admonester.

« Alors, cette première semaine ? »

« Bah… écoutez, chef, j'ai ratissé au maximum, je suis rentré aux domiciles de quelques prospects mais j'avoue, ça n'a rien donné »

Je n'en menais pas large et j'étais très déçu de voir que mon verbe semblait plus fait de bois que de jadéite.

C'est alors que mon chef m'interpella :

« Vous faites tous la même erreur, vous les jeunots !

Vous choisissez les coins les plus friqués en premier !

Mais vous oubliez tous une chose : le rêve, ça se vend chez les pauvres ! »

Cette dernière phrase me laissa désorienté et curieux en même temps.

Il allait m'envoyer dans un secteur plus populaire pour un binôme de trois jours avec lui afin de me transmettre ses techniques de vente éprouvées.

Nous nous retrouvâmes à chasser le chaland dans la cité Beauregard à Poissy.

Des barres à perte de vue où la densité d'habitants augmenterait les contacts et mécaniquement les signatures.

J'eus droit à un longue session de briefing avant d'assaillir les prospects :

« Tes cibles prioritaires :

Les Antillais, ils vivent à six dans un poulailler mais n'hésitent pas à foutre 5000 balles dans une télé de 2 mètres.

Les Portos, je te rappelle qu'on a la chaîne RTPI dans notre offre, première chaîne au Portugal, bordel !

Les petites vieilles, elles s'emmerdent toute seules, elles ont besoin de compagnie et toi, avec ta gueule de gendre idéal, ça passera crème.

Intéresse-toi aux gens, parle-leur d'eux, les gens n'attendent que ça : parler d'eux.

Tu dois devenir leur proche, leur confident.

Sois raciste avec un raciste, sois black avec un black.

Prends la couleur de chacun de tes clients

Il n'y a qu'une seule race de bon commercial : celle des caméléons. »

Après ce monologue lunaire, je fus animé par des sentiments divergents : la stupeur et le dégoût.

On pouvait se dire que ce type était en fait un gros porc raciste, sans foi, ni loi.

Mais si l'on prend du recul, il n'en était rien.

Ce petit bonhomme venait de m'apprendre en quelques phrases, me résumer en quelques mots, tout ce qu'il fallait pour être un bon vendeur.

Et peu importe ce que l'on avait à vendre, sa méthode pouvait se décliner à foison.

Une fois notre tournée terminée, où nous vous avions signé la bagatelle de vingt et un contrats en trois jours, je fus lâché seul dans le grand bain.

Je ne devais pas oublier le super-ordre auquel j'appartenais : sélachimorphe ou céphalopode ?

J'avais choisi mon camp, camarade !

En observant à la lettre les méthodes enseignées par mon Yoda de la vente, les contrats coulèrent à flots pour le Padawan que j'étais.

Je fus même classé parmi les dix meilleurs vendeurs de France le mois suivant.

En faisant 30% de mes contrats avec les grands-mères.

En écoutant leur musique isolée.

En leur donnant l'envie de vivre encore, au-delà d'une vente vénale.

Mon chef avait vu juste.

Mon bagout était un diamant brut mais il avait besoin d'être poli par un maître joaillier.

Merci Dominique d'avoir fait de moi un cyborg du commerce.

Fort de cet argent trébuchant que j'avais récolté, je m'étais envolé du nid familial - même si j'allais rester quelque peu attaché aux jupons de "Moman" - en louant un très bel appartement de 70 m² à Versailles, tout près du château.

Je m'étais même acheté une BMW coupé série 3.

La panoplie parfaite du parvenu.

Tous les voyants étaient au vert.

Mais la foudre allait dissoudre avec fracas cette légèreté vaporeuse.

Dimanche 18 mai 1997.

14 heures.

J'étais chez mes parents pour le sacro-saint rosbeef-purée dominical de Bernadette, docteur ès cordons bleus.
Le téléphone sonne, je décroche.
Au bout du fil, je distingue des signaux lointains, des chuchotements fébriles :
« Allô ?? Allô ?? C'est qui ? Qu'est-ce qui se passe ?? »
Pas de réponse.
Une voix incapable de s'exprimer.
Une traînée sonore inaudible.
Puis d'une voix étranglée, j'entendis au loin :
« Walter... C'est... Moustapha, le frère d'Abdou...
C'est Koto... Il est parti... »
« Fafa ? Comment-ça, qu'est-ce que tu racontes ??? »
« Walter... Koto est parti... L'armée vient de m'appeler...
pour me dire qu'il venait de mourir lors d'une
manœuvre militaire. »
Je lâchai brutalement le combiné et m'écroulai net à terre.
Je repris le téléphone en me relevant péniblement, mais Fafa avait raccroché.
Ma mère se précipita vers moi en me demandant ce qu'il se passait et il me fallut trouver une ressource insoupçonnable pour lui déglutir à l'oreille :
« C'est Abdou, Maman... Il est mort... »

Je me blottis dans ses bras en lui écrasant tous les os du corps.

Je courus ensuite dans le jardin pour hurler ma révolte.

Je venais de prendre en pleine face le ressac d'une tempête forcenée qui démolirait des rochers de granit oppressants.

Après quelques heures de tremblements inconsidérés, je repris un peu mes esprits et informa Giannis de la terrible nouvelle.

Il explosa en mille morceaux au téléphone et raccrocha rapidement.

Ma mère me conseilla de prendre un anxiolytique pour tenter de trouver un peu de répit.

Elle piocha dans sa réserve professionnelle et je pris un de ses cachets qui m'aida à éteindre un peu les ténèbres pour la nuit.

Giannis me rappela tôt le lendemain matin et nous décidâmes de débarquer à l'improviste chez la famille d'Abdou.

Sa mère nous ouvrit la porte, me regarda les yeux détrempés, liquéfiée de chagrin, puis se jeta dans mes bras pour lier nos douleurs.

J'entraperçus furtivement son père au détour de la porte entrebâillée de la chambre parentale.

Il était agenouillé et priait, misbaha à la main, son chapelet musulman fait de perles d'ivoire.

Il referma la porte pour s'isoler pudiquement, avec sa piété comme bouclier contre l'indicible.

Moustapha, Kalidou, Habib et Mahdy vinrent se recroqueviller dans nos bras.

Nous serions désormais leurs Kotos.

Thierno, du haut de ses 8 ans, ne pleurait pas, son innocence lui permettant provisoirement de pas réaliser l'irréel.

Nous repartîmes avec Giannis accablés de chagrin.

Nous tentâmes de retrouver la trace d'Igor pour qu'il soit avec nous tous dans cette épreuve, mais comment le retrouver ?

Les réseaux sociaux n'existant pas à l'époque.

Il ne serait pas là pour l'enterrement de l'un de ses frères d'armes, je ne lui en voudrais pas et j'espérais de tout mon cœur, que lui, soit encore vivant.

L'inhumation se déroula quelques jours plus tard au cimetière parisien de Thiais, qui possédait d'un carré musulman - une parcelle délimitée par des haies de charmilles - afin que les âmes puissent être réunies ensemble.

Je vous épargnerai ici l'intolérable de cette cérémonie.

Rokhya m'étreignit à nouveau de toutes de ses forces.

Une fois l'écœurement et l'injustice vaguement dilués, aves nos esprits à demi-retrouvés, il était temps de tenter de comprendre ce qui s'était exactement passé lors de cet événement.

Etait-ce réellement un accident ou pouvait-on imaginer le pire, comme un acte de racisme maquillé ?

Nous voulions à tout prix en avoir le cœur net.

Avec Giannis, nous appelâmes la caserne pour demander un rendez-vous avec le supérieur gradé d'Abdou, mais nous fûmes éconduits sèchement.

Nous nous rendîmes au ministère de la Défense pour tenter d'en savoir plus, avec une fin de non-recevoir.

L'armée française portait si bien son surnom évocateur : la grande muette.

Mais animés par notre rage incoercible, nous prîmes la décision avec Giannis de nous rendre en personne à la caserne.

Direction Illkirch-Graffenstaden, pied au plancher avec ma BMW.

Nous arrivâmes devant la caserne où un appelé assurait la garde à l'entrée dans sa guitoune.

Nous lui demandâmes de nous laisser rentrer car nous voulions parler à un gradé.

Il s'opposa à nous et, sans réfléchir, nous forçâmes le passage en le balayant et en l'assommant de deux ou trois coups de poing dans la gueule.

Nous courûmes ensuite vers l'accueil mais nous fûmes rattrapés par d'autres sentinelles du régiment.

Ils se mirent à trois ou quatre pour nous stopper et nous prîmes une sacrée dérouillée, à coups de crosse de Famas dans la mâchoire et à coups de Rangers dans les reins.

La bouche en sang et le corps bosselé, nous fûmes menottés et mis à genoux dans le parc de la caserne, en attendant que la police nationale vienne nous récupérer.

Résultat : 48 heures de garde à vue au commissariat de Strasbourg.

Nous aurions dû normalement être déférés au parquet pour « outrage et obstruction aux forces de l'ordre » - ou quelque chose comme cela -.

Mais après avoir dépeint le dessein déchirant de notre venue au commissaire lors de notre interrogatoire, il fit preuve de mansuétude face au déluge de chagrin qui éclaboussait nos visages.

Nous ne fûmes au bout du compte pas poursuivis.

Libres de repartir avec nos gueules cassées.

Une lueur inattendue allait éclairer nos tristes ténèbres.

Nous allions être contactés par téléphone quelques jours plus tard par un sergent de la caserne, qui avait eu vent de notre échappée rocambolesque.

Il viendrait à notre rencontre sur Paris la semaine suivante.

Nous nous donnâmes rendez-vous dans une brasserie pouilleuse à côté de la gare de l'Est.

Le sergent-instructeur Sorin était un collègue du même grade qu'Abdou et il était en charge avec lui de la formation des nouveaux arrivants.

Dès nos fraîches poignées de mains, nous lûmes un visage empreint de gravité.

Il avait dirigé cette manœuvre avec Abdou.

Il nous décrivit les circonstances exactes du drame.

Abdou était posté debout sur la tourelle d'un char Leclerc, le haut du corps à l'extérieur du char.

Il ordonna à l'appelé qui conduisait l'engin une banale manipulation sur un terrain accidenté.

Encore inexpérimenté à ce stade, ce dernier aurait raté sa manœuvre et le char aurait basculé d'un coup sec dans un ravin.

Abdou aurait été tué sur le coup, la colonne vertébrale brisée net.

En regardant une larme ruisselant le long de la pommette de ce personnage assez fruste, on pouvait s'apercevoir qu'il était très touché par cette tragédie abjecte.

Et à défaut de rédemption, nous accueillions son récit avec crédibilité comme une forme de soulagement.

Nous nous quittâmes devant la gare de l'Est avec ces mots de sa part :

« Je suis désolé, je sais ce que vous représentiez pour Abdou. Il me parlait souvent de vous, ses frères d'armes. Il me manquera énormément, alors je n'ose imaginer à quel point pour vous »

La sincérité du personnage nous convainquit - ou presque - de la véracité des événements.

Nous pouvions ainsi peut-être commencer notre deuil.

Les maigres filins d'innocence qui étaient encore suspendus à nos vies venaient de céder à jamais.

Notre guerrier peul sera mort sur le champ de bataille, sans même avoir eu le temps d'aller au combat.

Il faudra avancer dans la vie vaille que vaille avec le violent ressac de son énergie disparue qui nous poursuivrait jusqu'à la fin de nos jours.

Abdou venait de partir pour le long sommeil.

Celui dont on ne revient pas.

Repose en paix, mon frère d'armes.

Janvier 2005.

Huit ans avaient passé.

La plaie était toujours ouverte, le temps la cautérisait à la vitesse d'un nageur myopathe.

J'avais professionnellement évolué en flèche.

Fini de faire le rat d'immeuble à vendre le câble, j'étais rentré, en 2001, comme commercial, ou directeur de clientèle, si l'on veut respecter la désignation pompeuse du poste, dans la régie publicitaire du quotidien français *Le Figaro*.

Je vendais les espaces publicitaires du journal - premier recto, quatrième de couverture - à des marques prestigieuses.

Cela avait d'ailleurs soulevé l'ire de mes parents que je bosse pour cet outil de propagande politique de droite, eux, les descendants d'un fier prolétariat aux tonalités de gauche affirmées.

Mais globalement, ils étaient réjouis que la situation professionnelle de leur fils se soit stabilisée.

Après quatre ans en tant que directeur de clientèle, je venais d'être promu directeur commercial de la régie, suite au départ à la retraite de mon prédécesseur.

Ce qui avait eu le don de rendre jaloux de vilains rageux dans l'équipe, qui convoitaient le poste.

Mais le grand-blanc avait dévoré tout le krill s'offrant à lui avec une gloutonnerie jouissive.

Je manageais une équipe de huit commerciaux avec un salaire mensuel à cinq chiffres, que je trouvais immérité pour ma contribution sociétale, mais je n'avais pas encore trop d'états d'âme sur ce point.

Giannis avait évolué comme un bambou professionnellement, puisqu'il avait pris la direction de la production d'une entreprise nommée Plastex, usine de plasturgie situé dans l'Oise, non loin de Gisors.

Côté personnel, il avait entre-temps quitté son "avion de chasse" - en même temps, permettez-moi d'avoir un gros doute sur la fiabilité de l'aéronautique polonaise -.

Il avait rencontré ensuite Nathalie, clairement plus sympathique que "Miss Mot compte triple".

Ils venaient d'emménager ensemble dans une longère typique du Pays de Bray.

Poutres apparentes, cheminée en briques rouges, tommettes ocres, Giannis s'était offert la vie de baron qu'il attendait et méritait tant.

Je leur avais rendu visite pour pendre la crémaillère qu'ils avaient honorée d'un barbecue pantagruélique.

Giannis me fit faire un tour de son hectare en me montrant son magnolia, ses blonds genêts ou encore son érable du Japon.

Fier comme un coq, mon frère d'armes, et je l'étais tout autant de lui.

Pour ma part, concernant mon destin sentimental, rien de sérieux ne vivait encore sur ce sol aride comme celui du désert d'Atacama.

Si ce n'est quelques papillons de nuit et leurs éphémères chrysalides.

Je prenais à bras-le-corps mon nouveau poste en m'investissant à fond.

Pour vous résumer mon quotidien professionnel, chaque lundi matin avait lieu la sempiternelle réunion commerciale pour faire un point avec mon équipe sur leur activité hebdomadaire.

Puis des déjeuners d'affaires du lundi au vendredi midi dans des restaurants guindés de l'ouest parisien : Le Murat, Le Petit Poucet, Le Chalet des îles, où l'on pouvait déguster des salades César ou des Burrata et son huile des Pouilles, de pures infamies à 35 euros l'assiette.

J'aurais peut-être dû opter pour la restauration en fait , ah mais non, suis-je bête, je n'étais pas d'origine aveyronnaise.

Mes partenaires de ces ripailles d'aigrefin étaient principalement des directeurs et directrices médias de grandes entreprises françaises qui souhaitaient faire scintiller leurs marques dans *Le Figaro* auprès de leurs acheteurs de droite dégorgeant d'oseille.

Avec ces cinq déjeuners d'affaires par semaine, je constatais avec fatalité et dépit, que les tablettes de Lindt qui ornementaient encore il y a peu mes musculeux abdominaux, s'étaient transformés en pot de Nutella - bon, disons, le petit format de 200 g, encore heureux -.

Mon métier consistait entre autres à assister à des soirées RP, soit dans le jargon des pubards, des événements de relations publiques où nous invitions nos principaux clients.

Avant-première privatisée du dernier Spielberg à l'UGC Normandie sur les Champs-Elysées, vernissage de l'exposition Klein au centre Georges-Pompidou à Beaubourg.

Le bleu Klein, appelé International Klein Blue, était une teinte propre de bleu créée par l'artiste Yves Klein.

Une fois face à *L'Accord bleu,* une de ces toiles les plus abouties aux dires de l'énoncé dithyrambique du guide de l'exposition sur cette œuvre, je fus plus que perplexe.

Une toile toute bleu, ornée de plusieurs excroissances verruqueuses en son centre.

Cela me procurait à peu près la même émotion que devant l'urinoir, intitulé *Fontaine,* de Marcel Duchamp.

Je vomissais l'art abstrait ou l'art contemporain, appelez cette imposture comme vous le voudrez.

Je préférais déjeuner sur l'herbe avec Edouard Manet au pied des nénuphars de Claude Monet.

Je ne le savais pas encore, mais j'allais devoir à ce tableau de Klein un des fondements de ma vie.

Je retrouvais Joséphine que j'avais convié à cette exposition et avec qui j'avais déjeuné à plusieurs reprises en ingurgitant les tartares de bœuf immangeables du Murat.

Joséphine était la directrice des médias de la prestigieuse enseigne de luxe, "Louis Vatton" et accessoirement, le premier client du journal en termes de chiffres d'affaires.

C'était une femme à la classe manifeste, à la chevelure aurifère et à l'acier bleu des prunelles.

Elle pouvait paraître condescendante de prime abord.

Je l'imaginais dans son enfance versaillaise, serre-tête et cartable Taton Tann's sur le dos devant l'entrée de l'école catholique privée.

Mais Joséphine avait un côté fun, pleine d'aplomb, un humour corrosif et nous partagions pas mal de choses ensemble, culturellement et spirituellement parlant.

Je dois l'avouer, la mélodie intérieure de Joséphine ne me laissait pas insensible, en plus de sa ressemblance avec la si désirable Michelle Pfeiffer.

Lorsque nous nous arrêtâmes ensemble devant *L'Accord bleu*, elle m'interpella en me demandant :

« Alors, Walter, que penses-tu de cette toile ? »

Je lui rétorquai du tac au tac d'un ton naïf :

« Bah... c'est bleu quoi ! »

Joséphine s'esclaffa d'un rire spontané et strident.

Cette bulle de grâce allait changer ma vie.

Une sensation enivrante venait de se propager dans tout mon corps et toute mon âme.

Avec le palpitant en surrégime.

Je crois qu'on appelle cela un coup de foudre.

Joséphine n'allait dès lors plus quitter mes pensées.

J'étais hanté par ce sentiment encore inédit pour moi.

Nous connaissions par ailleurs un peu nos vies personnelles que nous avions eu l'occasion d'aborder sporadiquement lors de nos déjeuners et elle était célibataire.

Ce qui n'aurait rien changé de toute façon si elle ne l'avait pas été.

J'aurais fait voler son couple en éclats, au regard de la force de la gravité newtonienne que cette femme exerçait sur moi.

Si j'étais un grand-blanc dans la vie de tous les jours, je me sentis tout à coup comme un piteux krill à l'idée de comment la faire rêver de la possibilité du beau entre nous.

Il faut dire que c'était ma cliente et le conflit d'intérêt pouvait être une variable à ne pas négliger.

Mais la foudre se chargea de désintégrer en un clin d'œil toutes ces contingences risibles.

Je remis alors mes dents de grand-blanc à l'endroit en me jetant à l'eau.

Je lui fis parvenir, quelques jours plus tard, par coursier au siège de son entreprise un billet doux avec le libellé suivant :

« Partant pour un voyage culinaire avec votre beau Figaro ?

Rendez-vous ce samedi à 20h30 au restaurant Chez Françoise.

Je serai facilement identifiable avec mon chapeau melon et mes bottes de cuir »

J'avais foi en ma pointe d'humour pour la séduire habilement.

J'étais quelque peu anxieux face à cette initiative risquée, mais j'étais par-dessus tout, fou d'incertitude, fou d'impatience.

J'avais pris le soin de réserver la plus belle table du restaurant, un peu à l'écart, une table avec une banquette en cuir en forme de demi-lune de couleur taupe.

J'avais minimisé la prise de risque avec ce choix de restaurant - plat du pied = sécurité -, pour faire une analogie footballistique, promis, ce sera la dernière.

Chez Françoise était un repaire de mon père et nous y dînions assidûment ensemble, mais j'y reviendrai plus tard.

Ce restaurant était situé en dessous de l'aérogare Air France aux Invalides.

Je m'étais attablé vers 20h15, au cas où Joséphine serait en avance, cette probabilité étant statistiquement quasi nulle au regard de la légendaire ponctualité féminine.

Veuillez m'excuser pour la gêne occasionnée pour cette saillie misogyne gratuite.

J'avais choisi une tenue chic et sobre avec une veste de costume anthracite Francesco Smalto et un col roulé noir en cachemire Eric Bompard, dont le prix onéreux n'avait d'égal que son confort moelleux.

Je me retins de ne pas prendre un apéritif en l'attendant, ce n'était pas l'envie qui m'en manquait, tenté par l'alcoolisme mondain qui m'avait sournoisement entamé ces dernières années.

20h45.

Les aiguilles crispées de ma montre démineur Bell & Ross commençaient à me faire trembloter quelque peu.

Mais je préférais opter pour une perspective optimiste, à savoir que les femmes arrivent en général à un rendez-vous galant à l'heure africaine, soit avec 30 minutes de retard. Veuillez m'excuser pour la gêne occasionnée pour cette saillie raciste gratuite.

Mais mon cliché avait vu juste.

21 heures pile, je vis Joséphine pénétrer dans la salle principale.

Elle s'avança avec la grâce d'un félidé vers l'emplacement feutré que j'avais retenu.

Debout devant moi, en posant sa main sur mon épaule, elle me décocha de sa dentition nitescente :

« Ah bah toi alors ! »

Mon cœur battit la chamade en un tour mais je repris mes esprits, si ravi que Joséphine ait accepté mon romantique guet-apens.

Fidèle au raffinement vestimentaire qui était le sien, elle rayonnait dans son trench-coat beige Burberry, assorti à un ravissant col roulé pourpre, de la marque Eric Bompard à coup sûr.

Etrangement, il n'y eut pas de round d'observation verbal entre nous, ce qui aurait pu être le cas au regard de ma démarche quelque peu cavalière - je dirais romanesque pour m'arranger -.

Dans la continuité de la fluidité de nos premiers échanges, nous parlâmes de tout, de rien, du bleu de Klein avec un humour rétroactif.

Nous nous prîmes au jeu de creuser nos enfances et adolescences respectives.

Mon art de la psychologie avait visé juste, puisque Joséphine avait grandi à Saint-Nom-la-Bretèche, ville cossue avec son golf renommé, située à une quinzaine de kilomètres de Versailles.

Elle avait passé son enfance scolaire à l'école privée catholique Notre-Dame de Versailles.

Mais j'étais devin en fait !

Bon, calmons-nous, ma prédiction était simplement un mélange de fine psychologie et de hasard.

Elle avait ensuite suivi un cursus prédéfini, diplômée d'une grande école de commerce à Jouy-en Josas, dont je tairai ici le nom pour éviter une publicité gratuite à cette école qui n'en a absolument pas besoin.

Son père était un avocat d'affaires parisien et sa mère, chef de service en pédiatrie à l'hôpital Mignot de Versailles.

Je lui croquai pour ma part ma trajectoire plus sinueuse et je fus très attentif à la réaction de sa pupille pour voir ce qu'elle allait exprimer.

Et je ne lus aucun mépris dans ses yeux, mais une pupille admirative - bon, peut-être pas jusque-là -

disons, une pupille éloquente face à mon parcours qui sortait des sentiers battus.

Plus le repas avançait et plus je ressentais ce bouillonnement transcendant affleurer aux pores frétillants de ma peau.

On venait nous apporter les cafés après un excellent choix dans nos entrées et dans nos plats :

Ceviche de Saint-Jacques à la truffe en entrée pour nous deux, puis un Saint-Pierre rôti pour Joséphine.

Quant à moi, j'avais osé les rognons de veau flambés au cognac, Joséphine ne sembla pas s'offusquer face à un homme qui aimait les abats.

Ce ne pouvait définitivement être qu'une femme extraordinaire.

Nous avions arrosé ce festin d'une coupe de Veuve Clicquot en apéritif, suivi d'un splendide Meursault, vin blanc prestigieux de Bourgogne, sec et fruité, avec un millésime exceptionnel de 1990.

Pas d'ivresse, une saine ébriété pour une saine désinhibition.

Nous quittâmes le restaurant en remontant les marches qui donnaient sur la rue Constantine, en face du ministère des Affaires étrangères ou Quai d'Orsay si vous préférez.

Une pluie fine se mit à ruisseler au même moment et, tout en remontant le col du trench-coat de Joséphine, mes lèvres se laissèrent aller à effleurer les alentours suavement parfumés de sa nuque.

Sa main droite envisagea mes omoplates d'une étreinte délicate.

Puis nos bouches frémissantes s'entremêlèrent pour un baiser de lait et de miel.

Un long baiser langoureux de quelques minutes qui allait me faire basculer dans l'éternité.

Nos corps en fusion atomique, que devions-nous faire à votre avis ?

Nous quitter ainsi pour retrouver nos ilots de solitude maussade ou prolonger la réalité de notre mirage ?

Je vous laisse deviner l'option qui était la mienne.

Joséphine était venue en taxi, elle habitait Levallois.

J'étais venu en voiture, une Mercedes Classe C, oui, j'avais migré de Munich à Stuttgart concernant mes préférences automobiles.

La convier à un dernier verre chez moi à Vincennes ?

Oui, j'avais aussi migré de l'ouest parisien à l'aristocratie trop accentuée vers l'est parisien, plus bigarré dans cette oasis de quiétude et de verdure.

Si je n'étais pas ivre, j'étais tout de même pas mal éméché et estourbi d'allégresse.

Hors de question de prendre le volant.

Alors d'un élan improvisé, je lui dis :

« Prête pour l'aventure, Darling ? Suis-moi ! »

Joséphine laissa passer un grand blanc - déstabilisant pour un grand-blanc, ma foi -.

Puis après quelques secondes d'un suspense insoutenable, elle retrouva sa pupille solaire en me rétorquant :

« Let's go, mon prince ! »

Grâce à l'héritage de ma vélocité intellectuelle enfantine, mon cerveau entreprit de nous envoler vers l'hôtel Lutetia.

Ce palace était situé boulevard Raspail, à un gros quart d'heure à pied des Invalides.

Attention, je n'avais rien fomenté au préalable et j'étais là en pure improvisation, soyons clairs !

Je n'étais pas mécontent que la Force Suprême ait programmé mon ADN avec un GPS intégré et de solides capacités de repérages spatio-temporels.

J'appréhendais peut-être un peu que la princesse de Saint-Nom-La-Bretèche ne se mette à geindre de l'inconfort de ses escarpins Louboutin pour marcher mais, comme pour prolonger cette soirée de rêve, il n'en fut rien.

Nous marchâmes bras dessus, bras dessous en remontant le boulevard Saint-Germain sous cette pluie fine, sans dire un mot, nos cœurs enfiévrés en guise de conversation intérieure.

Nous arrivâmes devant l'entrée de l'hôtel et je décochai valeureusement à Joséphine :

« Voici notre Royaume d'amour pour la nuit, Ma Reine »

J'eus droit en retour à un :

« Mais tu es fou ! »

Elle m'attrapa par la nuque et me roula une pelle volcanique, digne de celle d'Ali MacGraw et Ryan O'Neal dans *Love Story*.

Restait une donnée triviale à régler dans cette soirée si romantique : allait-il rester des chambres disponibles ?

J'avançai quelque peu flageolant au comptoir de l'accueil :

« Bonsoir Monsieur, vous reste-t-il des chambres pour la nuit ? »

« Madame, Monsieur, bienvenue à l'hôtel Lutetia. Ecoutez, il semblerait que vous ayez une bonne étoile ce soir, puisque nous n'avions plus aucune chambre de libre jusqu'à ce matin, mais nous avons eu un désistement sur une de nos suites que je peux donc vous octroyer pour la nuit. »

Avec le tact de tout bon employé de palace, il eut la décence de ne pas nous faire part du prix de la nuitée devant Madame.

Je jetai tout de même un regard discrètement oblique sur les tarifs encadrés sur un mur en contre-plan du comptoir.

2 000 euros la nuitée.

Cette soirée allait me coûter un œil, mais cela tombait à pic : je me serais fait borgne pour Joséphine.

Je pris le soin de demander en sourdine au concierge de nous faire monter une bouteille de champagne dans la suite, ce serait du Piper-Heidsieck cette fois-ci, ce qui me convenait amplement.

Cette suite princière serait le Royaume de la naissance de notre amour.

Nous dégustâmes une coupe, assez brièvement, je dois dire, puis nous nous jetâmes l'un sur l'autre, comme deux bêtes sauvages.

Nous passâmes une nuit aux secousses sismiques inoubliables.

Vous ne m'en voudrez pas de ne pas vous conter cette nuit plus en détail, la pudeur avant tout, le manque de talent aussi, pour dépeindre les scènes sensuelles.

Il vous suffira pour cela de lire ou relire *Histoire d'O* de Pauline Réage - de son vrai nom Dominique Aury - un chef-d'œuvre de la littérature érotique française.

Après un petit-déjeuner continental-câlin, il était temps pour Joséphine de rallier le sacro-saint déjeuner dominical avec ses parents - j'aurais misé sur un turbot sauce hollandaise au menu de son côté en lieu et place d'un rosbeef-purée -.

Comme j'aurais aimé que le temps suspende son vol et que les heures propices suspendent leur cours, comme l'écrivit si lyriquement Alphonse de Lamartine dans l'un des plus beaux poèmes de l'univers : *Le Lac*. Le temps restait heureusement suspendu, puisque cet amour allait s'épanouir follement jour après jour, telle une végétation luxuriante amazonienne pendant la saison des pluies.

C'est ainsi qu'après six mois de nos allers-retours d'amants éperdus entre Levallois et Vincennes, nous choisîmes de faire perdurer notre ensorcèlement divin sous un même toit.

Il y eut un vif débat quant au point de chute de notre nid d'amour, car je militai ardemment pour rester vivre dans cette aire de bien-être qu'était la ville de Vincennes.

Joséphine rechignait quelque peu à migrer vers la partie orientale de Paris, l'esprit solidement ancré dans son Occident versaillais.

Je m'enhardissai pour nous dénicher un appartement, la précieuse pépite qui convaincrait Joséphine de franchir l'Oural francilien - soit le périphérique est -. Comme dans un destin écrit, je tombai sur une affaire en or, un F4 somptueux de 100 m^2 situé cours Marigny, plus belle place de Vincennes sans conteste.

Un appartement qui respirait la belle vie, situé au dernier étage d'une luxueuse résidence.

Lumineux à souhait avec une spacieuse terrasse, disons carrément un roof top, de 80 m^2, esthétiquement quadrillée par des massifs de buis rationnellement agencés, ornée d'un imposant olivier, et plus surprenant, d'un cyprès florentin.

Restait cependant une inconnue à résoudre dans cette attirante équation :

Le prix de cet éden, dont je vous tairais ici le montant par "gentlemanitude".

Portés par notre amour de tungstène, Joséphine et moi avions décidé de faire cet achat immobilier de concert.

Mais il fallait être lucide, financièrement de mon côté, l'achat de ce bien allait me coûter les deux jambes, voire plus.

Si je me serais fait borgne pour Joséphine, je me serais aussi fait cul-de-jatte.

Mais mon amour sans bornes pour elle pouvait-il me pousser jusqu'à devenir un homme-tronc ?

Dans la lignée d'un destin joyeux et linéaire comme une route traversant le désert de Mojave, j'allais voir ma feuille de paye s'engraisser avec l'aide d'un coup de pouce conjoncturel opportun.

Nous étions tout début 2007, année d'élection présidentielle en France avec le duel "Ségo/Sarko" à venir.

Les ventes du *Figaro* allaient exploser pendant toute cette campagne électorale.

Notre électorat de droite voulant suivre quotidiennement au plus près le feuilleton des torrents de boue propre à toute élection présidentielle.

La régie publicitaire connut subséquemment une croissance organique de son chiffre d'affaires hallucinante.

Mais non content de me reposer sur ces lauriers naturels, j'allais suggérer une idée de génie à mon directeur général répondant au nom de Rafael Di Massa - quelle classe ce nom ! -.

Celle de majorer nos tarifs publicitaires de 10%, initiative qu'il trouva très judicieuse et qui serait appliquée dès la semaine suivante.

Initiative que n'avait pas eu la directrice marketing et qui allait d'ailleurs m'en tenir rigueur.

Je ne supportais pas cette pimbêche acrimonieuse d'origine bretonne qui avait pour prénom Sophie et pour nom Fonfec : Sophie Fonfec.

J'eus une autre idée ingénieuse, le narcissisme n'étant pas une option chez moi.

Celle d'inventer "une urgence publicitaire artificielle" auprès de nos annonceurs.

Laissez-moi vous illustrer ce manège astucieux :

Comme par exemple, lors d'un de mes déjeuners avec le directeur des médias d'Audi, Nicolas Van Orton :

« Walter, je voulais voir avec toi si nous pouvions passer un deal pour que je vous achète une vingtaine de 4e de couverture entre janvier et avril avec un prix au forfait. »

« Ecoute, Nicolas, comme tu le sais, je ne suis pas indifférent au prestige de votre marque et de votre fidélité à notre quotidien depuis toutes ces années.

Mais je vais être franc avec toi, pas de discount envisageable, et nous allons au contraire augmenter nos tarifs en raison de la loi de l'offre et la demande.

Et pour t'informer en toute transparence, tes concurrents de Munich et de Stuttgart ont pris les devants en préemptant 70% de notre planning de 4e couverture sur le premier semestre. »

Cette dernière allégation était absolument fausse, mais elle avait le mérite de susciter une fausse urgence chez nos clients et de justifier notre augmentation tarifaire.

Ce qui devient rare, devient plus cher.

Nicolas tripla ses investissements avec nous par rapport à l'année précédente.

Et au prix fort.

Sans sourciller.

Nous déclinâmes cette tactique quelque peu machiavélique mais légale sur l'ensemble des clients de nos différents secteurs (luxe, banques, tourisme...) Résultat : nous affichâmes un taux de remplissage publicitaire du journal de 90% sur quatre mois, record historique dans toute l'histoire du *Figaro*.

Au-delà des congratulations cordiales de tout l'état-major du journal à mon égard, ce qui ne déplut pas à mon « Walter ego », j'eus droit à une prime exceptionnelle, ainsi qu'une augmentation aussi épaisse que les lèvres botoxées de Pamela Anderson.

Je ne pus m'empêcher de penser à l'ascension aquatique professionnel qui avait été la mienne depuis presque dix ans.

Le squale des débuts, qui errait mollement dans les eaux troubles et froides de la mer de Beauregard à Poissy, était devenu un grand-blanc féroce avec l'océan capitaliste et ses mers chaudes comme vaste terrain de jeu.

Maître Dominique Yoda serait fier de moi.

Fort de ce boost financier encaissé, j'avais dès lors les reins assez solides pour que nous puissions, Joséphine et moi, convoyer vers notre nid luxueux et douillet, sans même que cela ne me coûte un doigt, peut-être un annulaire au pire des cas.

Même s'il subsistait une fine inquiétude quant au fait que Joséphine accepte pour de bon sa migration géographique, j'étais persuadé qu'elle craquerait face au charme fou de la tanière de notre vie.

Et je ne m'étais pas trompé, puisque lorsque Joséphine franchit le seuil de l'appartement, je retrouvai chez elle la même pupille solaire que celle du Lutetia.

Son coup de foudre fut aussi direct que le mien, bon, en même temps, il aurait vraiment fallu faire preuve d'un esprit revêche pour ne pas succomber à la séduction implacable de notre Royaume.

Une fois les formalités notariales indigestes réglées, nous emménageâmes quelques mois plus tard dans notre Royaume rien qu'à nous.

Joséphine magnifia toutes les surfaces d'un intérieur somptueux, digne de ceux que l'on peut voir en photos dans le magazine *Côté Sud.*

Bon, je vous avoue que j'aurais préféré que cet intérieur ressemble plutôt à des photos du magazine *Côté Ouest.*

Mais je ne pouvais que m'incliner devant l'harmonie frappante et l'aura palpable que Joséphine avait su donner à notre Royaume.

Au lieu de nous fourvoyer dans un ronronnement de trentenaires encroûtés, nous partions quasiment un week-end sur deux pour gravir chaque jour un peu plus les sommets de notre amour flamboyant.

Joséphine avait des prédispositions sybarites et pour les hôtels quatre étoiles qui vont avec.

Comme le Grand Hôtel de Cabourg, par exemple, au luxe subtil et poli, contrairement au luxe vulgaire des Resorts caribéens.

Se prélasser au spa, agrémenté ensuite d'un relaxant massage ayurvédique après une longue balade en amoureux le long de la Promenade Marcel-Proust.

Cela frôlait l'indécence par son bien-être.

Si j'appréciais ces week-ends de strass bénéfiques, j'avais irrémédiablement besoin d'échappées plus telluriques de mon côté.

Comme partir en randonnée dans le Cantal pour me poser au pied de la Fontaine Salée ou encore déambuler à l'envi dans la forêt de Brocéliande à l'automne pour écouter la symphonie du brame du cerf.

J'avais en moi ce besoin impérieux de me retrouver face à la vérité séculaire de la nature, vierge de furoncles humains défigurant sa chaste beauté.

Joséphine me suivit les yeux fermés pour s'enivrer de ces virées bucoliques.

Et une fois digérée la douloureuse épreuve psychologique pour elle d'aller s'équiper en Quechua de la tête aux pieds, nous partîmes découvrir les pays fantasmagoriques où règne la déflagration du silence.

Et je vis à nouveau sa pupille solaire s'écarquiller lors d'une de nos randonnées sur les hauteurs de Cauterets dans les Hautes-Pyrénées, où nous fîmes une halte coquine et exquise au pied du lac de Gaube.

Un nouveau doux ressac venait de m'envahir pour la vie.

Un an avait passé et notre amour continuait à ruisseler sereinement, avec quelques frictions de couple inévitables, comme un caleçon qui traîne dans la salle de bains ou encore quand j'avais oublié d'acheter les asperges au marché - putain de légumes oubliés ! -.

Au-delà de ces discordances accessoires, nous allions connaître notre première zone de turbulences, matérialisée par une vive algarade sur le mariage.

Joséphine commença à manifester cette envie au début par curiosité, pour sonder ma réceptivité sur le sujet.

Puis elle devint plus insistante, pour ne pas dire véhémente, face au refus catégorique de ma part.

C'était dans l'ordre des choses pour elle, une continuité logique, une étape nécessaire dans tout processus de couple.

« Logique », « nécessaire », voici des mots qui étaient fondamentalement contradictoires avec le mot amour pour moi.

Signer un contrat commercial pour valider administrativement dans le réel une histoire d'amour irréelle était pour moi une irréfragable hérésie, totalement antinomique.

Et je ne vous parle même pas du calvaire de passer devant un curé aux joues dodues et couperosées pour tamponner devant Dieu notre union amoureuse, moi, le païen de la première heure, même pas baptisé.

Joséphine trouva mon attitude puérile et assez inexplicable et tenta de toutes ses forces de me convaincre de nous marier.

Mais, je soutins mordicus mon refus et je ne démordrai pas de ma position ayatollesque sur le sujet.

Elle poussa l'acharnement en essayant de rentrer dans ma tête pour forcer ma décision.

Mais personne ne rentre dans la tête d'un grand-blanc.

Je pense que pour Joséphine, ne pas se marier avait pour elle valeur d'échec, de rature vis-à-vis de l'éducation balisée depuis son enfance.

Et une défiance évidente vis-à-vis de ses parents conservateurs.

Elle décida d'aller vivre quelque temps chez son amie d'enfance, Adélaïde, pour "prendre du recul".

Je vous passerai la description d'Adélaïde, si ce n'est que c'était une version très low-cost de Joséphine, la pupille solaire en moins, la pupille bovine en plus.

Je me retrouvai à errer comme un automate désarticulé *Côté Sud*.

Saignant d'un manque carnivore de ma moitié vitale.

Je tins une semaine sans oxygène avant de me rendre au travail de Joséphine, situé dans un somptueux immeuble haussmannien, avenue Montaigne.

J'attendrais qu'elle termine sa journée.

J'avais pris le soin de passer avant chez un célèbre fleuriste - pardon, un compositeur floral - Moulié-Savart, l'un des plus courus de la place de Paris, qui se trouvait place du Palais-Bourbon, face à l'Assemblée nationale.

Je décidai de composer moi-même le bouquet, plutôt que l'on m'impose la tendance grégaire du moment.

Lys, orchidée, gypsophile, pivoine, freesia allaient s'allier élégamment dans cette effusion chamarrée.

J'avais aussi pris le soin de faire un crochet par la place Vendôme pour me rendre chez Van Cleef & Arpels pour m'enquérir de l'achat d'une bague de mariage, mais sans le mariage qui va avec.

Pour le coup, je m'appuyai sur l'expertise de la vendeuse.

Je flashai direct sur une bague en or jaune, perlée de saphirs qu'elle m'exhiba.

Je pris place ensuite vers 18 heures avenue Montaigne, engoncé fébrilement dans ma berline de Stuttgart.

Je vis Joséphine sur le perron de l'immeuble vers 19h30.

Je m'avançai lentement à sa rencontre quand elle croisa mon regard.

Le sourcil sévèrement froncé, elle me décocha d'un ton contendant :

« Qu'est-ce que tu fais là ! »

Et c'est dans une peau de piteux krill, le bouquet fragilement tenu à bout de bras que je lui rétorquai :

« Accepte mes excuses, mon amour, je ne respire plus sans toi. »

Je vous concède que cette pitoyable déclaration fut digne d'un piètre rimailleur, d'un Cyrano hard-discount, mais rien de mieux ne m'était venu sur le moment.

Pas de réponse de sa part, juste un mur polaire séparant nos corps durs comme du quartz.

Je repris instinctivement, une fois de plus, mes habits de grand-blanc en l'empoignant dans mes bras et en lui chuchotant à l'oreille :

« Je veux t'offrir au-delà d'un mariage, mon amour, je veux t'offrir un enfant. »

Je saisis dans ma poche la boîte nacrée contenant la bague et l'ouvris devant elle.

Elle fondit sur place et là, je perçus la seule sensation au monde que je rêvais de voir en l'instant :

Retrouver la pupille solaire de ma Joséphine.

Intacte, comme au premier jour.

Mon romantisme enraciné n'allait pas nous arrêter en si bon chemin.

J'avais réservé une table à L'Arpège, restaurant triplement étoilé au *Guide Michelin,* situé rue de Varenne, à quelques centaines de mètres de Chez Françoise.

Nous retrouvâmes nos regards brûlants, attablés dans nos fauteuils en cuir prune.

Nous prîmes le menu Dégustation et ses dix-sept plats.
Apparemment, dans ce genre de restaurant, tout ce qui
ressemble à une bouchée, on appelle cela un plat.
Betterave et son émulsion de chocolat Guanaja, Saint-
Jacques d'Erquy et son carpaccio de légumes oubliés -
putain de légumes oubliés - !
Ce fut un exceptionnel voyage gustatif dont nos
papilles se souviendront pour la vie.
Pour parachever le « Rembrandt d'amour » que j'étais
en train d'ébaucher ce jour, il ne manquait plus que la
touche finale :
Une nuit au Lutetia.
J'avais eu la veine folle d'avoir pu réserver la même
suite de l'aube de notre idylle.
Et une fois arrivés devant l'entrée de l'hôtel, comme
dans une boucle quantique, j'eus droit de la part de
Joséphine à ce ressac extatique :
« Mais tu es fou ! »
Après avoir fait monter en chambre un club-sandwich -
oui, je sais c'est honteux - mais force est de constater
qu'un menu Dégustation d'un triple étoilé ne suffit pas
à rassasier un grand-blanc, nous passâmes une nuit de
plaisir surréaliste.
Pour une version plus opérationnelle et imagée, merci
de vous replonger dans
Histoire d'O.
Nous nous quittâmes dans le hall de l'hôtel, la mort
dans l'âme, pour rejoindre nos assommantes
pénitences professionnelles.
Mais par-dessus tout, fous d'amour de nous être
retrouvés sur nos sentiers de la fusion.
Et si ce n'était pas le plus beau ressac de ma vie qui
venait de s'offrir à moi ?

Aparté qui pourra apparaître déplacé, je vous le concède, mais cette soirée royale m'avait coûté un bras, mais pas de vulgarité superfétatoire, ici, de grâce. J'étais officiellement manchot, j'aimais bien les manchots, moi, avec leur façon de marcher en dodelinant joyeusement.

Et pour Joséphine, je me serais fait manchot, pingouin même.

Nous reprîmes le cours de notre vie au sein de notre Royaume, sans jamais faire allusion à cette lacération urticante qui nous avait coûtée.

Joséphine arrêta immédiatement de prendre la pilule. Un mois plus tard, je reçois un appel de sa part :

« Walter, c'est bleu... »

« Quoi ? La toile de Klein ? Bah... c'est bleu, oui. »

Elle éclata de rire, puis se reprit sur un ton sérieux :

« Walter... je... je... je suis enceinte » me déclama-t-elle, la voix chevrotante.

C'était le résultat de son premier test de grossesse et il était positif.

D'un ton balbutiant, je mis quelques secondes à lui répondre :

« Mon Amour... c'est... merveilleux ! »

Je passai la chercher quelques heures plus tard à son bureau.

Nos corps s'enchevêtrèrent dans une sarabande de frissons indescriptibles.

Nous marchâmes au gré de nos pas distraits sans échanger le moindre mot, bras dessus, bras dessous.

Avec le parfum capiteux du ressac de nos premières foulées d'amour, sous la pluie fine du boulevard Saint-Germain.

Tiens, pour désacraliser un peu cet événement d'une vie, permettez-moi une bifurcation burlesque.

Joséphine était tombée enceinte, quelques semaines après avoir arrêté la pilule.

Et bim, le Walter ! Un tir, un but ! Pleine lucarne !

J'avais promis d'arrêter mes analogies footballistiques, vous avez ma parole : ce sera la dernière cette fois-ci.

J'aimais aussi à me dire que mes spermatozoïdes d'origine normande étaient de valeureux descendants de leurs ancêtres Vikings, un seul d'entre eux avait vaillamment su conquérir la Terre de l'Ovule en un temps record.

Joséphine eut une grossesse très sereine et fut très supportable à vivre dans l'ensemble.

Elle m'envoya cependant deux ou trois fois en mission pour aller lui acheter des fraises chez l'épicier en bas de chez nous vers 23h.

Ce n'étaient pas des gariguettes de Plougastel que l'on trouvait chez mon copain Messaoud, mais de grosses fraises transgéniques espagnoles de Huelva, dures comme du roc, mais bon, elles restaient tout de même comestibles.

23 décembre 2007.

15 heures.

Joséphine et moi-même étions enroulés au chaud dans notre cosy canapé crème en alcantara de la marque Roche Bobois.
De mon côté, je relisais avec la même gourmandise une 37e fois *Pensées pour moi-même* de Marc Aurèle.
Tandis que Joséphine tentait de finir le troisième volet de *Lorsque l'enfant paraît*, de Françoise Dolto, qui, pour l'anecdote, fut la mère du feu chanteur Carlos : « *Rosalie, Rosalie, Oh !* ».
Cette trilogie, sorte de guide suprême pour élever correctement un enfant, était vivement recommandé - pour ne pas dire obligatoire - à lire si l'on aspirait un tant soit peu à devenir de "bons parents".
Ouvrage que je m'empressai de ne pas lire, cela va de soi.
Je vis le visage de Joséphine se crisper soudainement.
L'instinct du grand-blanc pour sa "femelle" et sa future progéniture fut instantané.
J'étais dans les starting-blocks depuis plusieurs semaines au regard du terme prévu de la grossesse de Joséphine.
Nous bondîmes dans ma Mercedes Classe M, oui, j'étais monté en gamme de véhicule en même temps que mon ascenseur salarial.

Précision technique pour les non-initiés ou non appétents au marché automobile :

La Classe M de Mercedes était un modèle 4x4, d'aucune utilité pour la ville mais diablement statutaire, qui produisait une pollution démesurée, mais restait tout de même mille fois moins nocive pour l'environnement que les flatulences malavisées de nos succulents bœufs charolais ou limousins.

Cette errement mécanique purgé, nous étions en route, pleine balle, pour la maternité de Port-Royal dans le 14e arrondissement où Joséphine avait été (très) bien suivie pendant toute sa grossesse.

Après un premier examen du personnel soignant sur l'état d'avancement du terme, nous étions a priori partis pour un marathon de plusieurs heures avant que notre joyau puisse venir à la vie.

Je vous épargnerai ici les détails techniques peu reluisants sur l'ouverture d'un col de l'utérus.

J'appelai illico mon père qui accourut de son salon de la rue Saint-Dominique, il s'était mis à son compte depuis une dizaine d'années mais j'y reviendrai.

Ma mère était quant à elle à Varengeville-sur-Mer puisqu'elle y avait pris sa retraite, j'y reviendrai également, elle sera avec nous à la maternité le lendemain.

J'appelai dans la foulée les parents de Joséphine.

Son père, Victor, était en messagerie.

En train de brillamment plaider au palais les intérêts des longs couteaux de Total ou Veolia ou qui sais-je encore.

Sa mère, Marylin, étonnant comme prénom au regard des origines catholiques, pour ne pas dire jésuitiques de sa famille, j'aurais opté pour un bon Marie-Chantal personnellement.

Oui, je sais, les clichés sont comme les œufs, ils sont durs.

Marylin répondit, elle, l'instinct maternel en éveil maximal sans aucun doute.

Elle terminera sa consultation en cours et nous retrouvera ensuite.

19 heures.

Deuxième temps de passage du corps médical.

Nous n'avions même pas encore atteint le semi-marathon selon leurs dires.

Notre précieux ou notre précieuse - précision grammaticale qui vous permettra de déduire que nous avions refusé avec Joséphine, de vouloir connaître le sexe de notre enfant - tardait à venir à la vie.

Avec cette attente prolongée d'ouverture du col.

Serait-ce l'Iseran, le Tourmalet, le Galibier ?

Nous le saurions dans un futur très proche.

Marylin et mon père nous avaient entre-temps rejoints et faisaient les cent pas dans la salle d'attente.

Le médecin-obstétricien, un type très pédagogue, m'informa que nous allions devoir encore patienter quelques heures.

Je retournai voir les parents en leur disant que l'attente serait encore longue.

Mon père embarqua alors Marylin pour qu'ils se détendent un peu, à l'Académie de la Bière, une institution à Paris, située en face de l'entrée de la maternité, au 88 bis boulevard de Port-Royal.

Une pinte de Paulaner - une merveille de bière Pils munichoise - saurait immanquablement déstresser les futurs grands-parents.

L'humour, pour le moins caustique de mon père, plaisait à Marylin, qui avait un côté fun, dont sa fille avait hérité à n'en pas douter.

L'horloge tournait trop lentement pour Joséphine et la fatigue commençait à se lire sur son visage émacié.

Ma main tissée à la sienne tentait de l'atténuer au mieux.

24 décembre.

0h00.

Une bouffée d'air frais allait pointer le bout de son nez pour Joséphine et elle portait un nom: la péridurale. Invention médicale qui changea pour la femme, la face pentue de la création humaine.

Marylin et mon père étaient revenus vaguement pompettes, mais tout en sobriété contrôlée.

2h00.

Nous allions enfin franchir le col du Tourmalet, arrêtons-nous sur celui-ci, j'ai toujours préféré les Pyrénées aux Alpes.

Joséphine donna toutes les forces qui lui restaient.

2h28.

Un petit crâne "en pain de sucre" allait soudain éclore.

Je fus médusé face à cette vision qui peut surprendre sur le coup.

Le médecin me rassura en me détaillant le contexte.

C'était un phénomène assez fréquent pour un accouchement apparemment, à savoir que des bébés peuvent naître avec une tête de forme ovoïde.

Le fruit de notre procréation ne donnerait pas naissance à un bébé-alien, ouf !

Après les procédures classiques hygiéniques d'usage, le grand-blanc redevint un krill apeuré.

Oui, je n'eus pas le courage de couper le cordon ombilical.

En revanche, je donnai son premier bain à ma fistonne, sous l'œil concentré de la sage-femme.

Ce serait donc une fille qui répondrait au prénom musical de Giovanella.

Je ne vous cache pas qu'au fin fond de moi, mon esprit était plus tourné vers un p'tit mec, triste réflexe d'orgueil d'avoir un clone masculin.

Mais cette lubie absurde s'évapora lorsque le personnel soignant nous déposa Giovanella dans sa couveuse - pardon dans son écrin -.

Cet elfe d'une cinquantaine de centimètres, 52 pour être exact, resplendissait comme un quasar éblouissant.

Un début de chevelure aurifère prégnant, l'acier bleu de ses prunelles luisant de cette naïade, vieille de 30 minutes à peine.

Marylin et mon père accoururent à grandes enjambées face à la découverte de notre trésor.

Je revins dans la salle d'accouchement pour retrouver ma Joséphine.

Elle était marquée par le marathon de presque douze heures qu'elle venait d'endurer.

Mais je retrouvai la seule chose que j'attendais en l'instant : sa pupille solaire.

Je passai ma main dans la soie de ses cheveux et la couvrit d'un baiser sur ses lèvres aimantes avant qu'elle ne s'endorme paisiblement.

Après une très courte nuit pour ma part, nous nous retrouvâmes à la maternité en fin de matinée.

Avec face à moi, l'assemblée dont j'avais rêvé : Marylin, mon père, ma mère, Giannis et Nathalie qui n'auraient raté ce moment pour rien au monde.

Victor n'était pas présent, la faute à un plaidoyer récalcitrant peut-être.

Joséphine avait repris des couleurs avec notre Giovanella se pelotonnant sur la poitrine ouatée de sa mère.

Nous étions le 24 décembre 2007 et j'assistai au plus beau jour de ma vie.

Déclaration qui pourra vous paraître des plus banales, mais pourquoi faire dans le grandiloquent quand on peut faire dans la plus simple authenticité.

Une fois le flot de compliments de toute l'assistance sur la splendeur de notre poupée – c'est vrai qu'elle était sublime notre Valkyrie – nous fûmes tous les trois au calme au sein de notre cocon impénétrable.

Le temps avait suspendu son vol.

Du moins, jusqu'à 22h, moment où la sage-femme me demanda poliment de quitter la chambre, règlement oblige.

Je quittai la chambre à pas de velours, les paupières de Joséphine avaient recouvert sa pupille solaire.

Je retrouvai Marylin et mes parents qui avaient rejoint notre appartement à Vincennes.

Nous improvisâmes un réveillon à la bonne franquette, bonne franquette améliorée par la classe naturelle de mon père qui avait pris le soin de faire quelques emplettes gastronomiques en fin de journée.

Langoustines de Loctudy, foie gras entier du Périgord, huîtres Gillardeau numéro 3, reconnues comme les meilleurs huîtres du monde par tous les chefs étoilés.

Le tout somptueusement arrosé d'un Chassagne-Montrachet 2012.

Un nouveau doux ressac qui venait garnir mon cerveau en ébullition.

Toutes les planètes semblaient vouloir s'aligner.

Quand je reçus un message sur les réseaux sociaux, aussi improbable qu'un oranger sur le sol irlandais (ce qui me permet de vous témoigner ici mon attendrissement pour Bourvil) .

« Hey, Buddy ! What's going on ?! »

Voilà le message que je reçus... du revenant Igor !

Près de dix ans plus tard, mon frère d'armes réapparaissait sans crier gare.

Il était rentré en France, il y a quelques semaines.

Il souhaita venir chez moi sur-le-champ mais vu le contexte si spécial qui était le mien ce jour, je ne voyais pas Igor débouler comme un chien dans un jeu de quilles.

Nous nous verrions quelques jours plus tard, une fois Ma Reine et Ma Princesse rentrées au chaud dans notre Royaume.

J'allai chercher Joséphine et Giovanella à la maternité le 27 décembre au matin.

Elles étaient toutes deux en pleine forme et je disposais d'une richesse inestimable :
celle d'être désormais exposé à deux pupilles solaires.
Je m'occupai d'elles comme un mâle Alpha qui protégerait et cajolerait sa mini-meute.
Il me tardait néanmoins de retrouver Igor.
Nous nous donnâmes rendez-vous le 29 au soir dans un pub irlandais, boulevard de Bonne-Nouvelle à Paris.
Ma première réaction en le voyant fut avant tout une exaltation.
Ma seconde réaction fut un ahurissement.
Igor avait pris très cher physiquement, une vingtaine de kilos en plus, tamponné par le sceau bouffi de la Guinness.
Il était bardé de tatouages sur le cou et le visage.
J'avais du mal à reconnaître physiquement mon frère d'armes.
Mais plus grave, je ne le reconnaissais plus mentalement non plus.
Le LSD et autres psychotropes divers avaient irréversiblement modifié son logiciel cérébral.
Mais je ne préférai retenir que le meilleur : avoir pu retrouver mon frère d'armes vivant.
Il avait d'ailleurs trouvé un boulot de roadie, métier qui consiste à aider à monter et démonter les équipements de groupes de musiciens pendant leurs concerts ou tournées.
Nous prîmes une cuite de nouveau mémorable et nous nous quittâmes en zigzaguant sur le boulevard en nous promettant de nous revoir dès que possible.
Je rentrai à quatre heures du matin dans notre Royaume en me faufilant en catimini dans le lit, tel un agent du KGB qui aurait abusé sur la Zubrowka.

Aucun bruit étranger perceptible dans l'appartement avant mon endormissement digne d'une mort subite.
Je n'avais pas été pris en flagrant délit par la cellule de contre-espionnage de ma Joséphine.
Mission accomplie.

J'allais connaître l'une des plus belles périodes de ma vie.
Un papa-requin-poule avec ma poupée.
Je prévins ma direction à la régie du journal que je m'accorderai à l'avenir des horaires plus élastiques.
Que je jouisse au maximum de ces années vernies, contrairement à ces cadres dynamiques arrivistes qui ne voient pas pousser au jour le jour l'essence de leur vie.
Il faut dire que le mot télétravail ne faisait pas partie du dictionnaire à l'époque et il fallait occuper physiquement les zones de conquêtes commerciales cinq jours sur sept.
Je continuerai à m'empoisonner au Petit Poucet ou au Murat tous les midis, soit, mais je serai là pour 18h à la crèche, et quelques années plus tard parfois à 16h30 aux portes de la maternelle avec un flan caché sous le manteau.
Peu importe la défiance que cela pourrait valoir aux yeux de ma hiérarchie.
Je ne pouvais m'empêcher de repenser si souvent à ce si doux ressac de mon enfance.
J'étais à mon tour devenu père et les racines du Walter enfant germaient dans tout mon corps.

Je voudrais ici-vous conter une parenthèse enamourée sur mes parents.

Commençons par ma mère, Bernadette.

J'avais dix ans, je me souviens qu'elle ressemblait à Rachel Ward, actrice américaine assez méconnue à la carrière mineure, on peut le dire.
Son film le plus notable restant le plus que moyen *Contre toute attente*, film néanmoins relevé par les charismatiques acteurs Jeff Bridges et James Woods.
Ce film me marqua par sa scène de fin pleine de tristesse, où l'on distingue les larmes roulantes sur la joue de Rachel Ward au bord d'une plage, au son du grand classique *Against All Odds* de Phil Collins : « So, take a look at me now ».
Ma mère ressemblait à cette actrice avec cette mode à l'époque de coupe de cheveux à la garçonne, à savoir une nuque coupée au ras assez haut avec une longue vague bouclée qui venait balayer le front au vent.
Ma mère était une femme très élégante, drapée dans ses tenues Courrèges, Georges Rech et autres Alain Manoukian.
Elle avait la particularité de s'embaumer avec un parfum masculin : *Habit rouge* de Guerlain.
Parfum à la fragrance tenace, orientale et boisée.
Ma mémoire olfactive gardait encore aujourd'hui cette confiserie ensevelie, celle qui maintenait la présence de ma Maman dans une pièce, alors qu'elle l'avait quittée.
Mais avant d'être une femme estampillée de la classe des années 80, ma mère était avant tout une femme joviale, dynamique, débordant d'amour pour son garçon.
Elle protégeait et protégerait son louveteau agité comme une Louve Alpha.

Une promotion au poste de directrice régionale lui avait d'ailleurs été proposé par son laboratoire pharmaceutique lyonnais au début des années 80.
Poste qu'elle avait courtoisement refusé pour continuer à se nourrir de ces doux ressacs : ceux des flans cachés sous le manteau.
Une louve ne fait pas des lycaons.
Le lycaon, cet étrange canidé des savanes africaines, à mi-chemin entre la hyène, le zèbre et le panda.
Ma mère avait manqué d'ambition professionnelle.
Elle avait été animée d'une ambition autrement plus héroïque : l'ambition d'un amour maternel sans commune mesure.

Mon père, Michel, ressemblait lui à Al Pacino, si, si, sans aucune flagornerie filiale.
Au Al Pacino qui incarna le lieutenant-colonel Frank Slade - vétéran de la guerre du Vietnam, aveugle et dépressif - dans le film poignant *Le Temps d'un week-end*, remake moderne très réussi du *Parfum de femme* de Dino Risi.
Film pour lequel Al Pacino fut oscarisé du meilleur acteur en 1992.
Les cheveux bruns gominés en arrière, le nez aquilin, le magnétisme rayonnant du grand-blanc.
Tout comme ma mère, il possédait une classe innée.
J'adorais aller avec lui enfant chez Arthur et Fox, rue Vignon à Paris pour acheter ses vestes en cachemire pied-de-poule assorties d'un col roulé couleur châtaigne.
Je devais avoir dans les six-sept ans lors de nos virées à vélo entre mecs le dimanche matin dans le bois de Cergy , ma madeleine de Proust à moi avec mon Papa.

Mon père me débitait alors pêle-mêle ses dix ou vingt commandements :

« Fils, que ce soit un éboueur ou un Premier ministre, ce sont les mêmes êtres humains et tu dois t'adresser à tous de la même manière. »
« Fils, retiens les quatre mots magiques si tu veux être un bon gamin :
Bonjour. S'il vous plaît. Merci. Au revoir. »

Tous ces adages très personnels s'étaient incrustés dans mon cerveau au fil des ans.
Et me serviraient de garde-fous cardinaux tout au long de ma vie.
Mon père m'avait transmis les piliers les plus fondamentaux : la politesse et le respect d'autrui.

Concernant sa carrière professionnelle, mon père avait décidé de quitter son poste de coiffeur chez Alexandre en 1998 pour se mettre à son compte et ouvrir son propre salon, rue Saint-Dominique à Paris, à proximité de l'Assemblée nationale.
Le plus grand des grands-blancs avait décidé de s'émanciper en haute mer.
La zone de chalandise était propice, fourmillant de politiciens dans cet arrondissement.
C'était un pari risqué car l'Assemblée nationale avait deux coiffeurs attitrés en son sein où nos privilégiés parlementaires pouvaient aller se rafraîchir capillairement, le tout généreusement payé par nos impôts.
Après un décollage digne de celui la fusée Challenger en 1986 - non soldé par une explosion en plein vol pour

lui - il trouvait ses marques en quelques années avec une clientèle qu'il sut conquérir par sa gouaille et son franc-parler.

Cela devait plaire aux politiciens, lassés par la brosse à reluire qu'on leur passait continuellement à l'Assemblée nationale.

Par bouche-à-oreille, il étoffa sa clientèle avec la fine fleur des capitaines de l'industrie française dans son portefeuille.

Les présidents d'EDF, d'Air France, de Suez et d'autres encore, défilèrent ainsi dans son siège ancien de coiffeur.

Il ne faudrait pas omettre le talent pur de mon père dans son métier, champion de France de coiffure en 1963, rappelons-le.

Mon père avait un sens indéniable de l'esthétisme dans son coup de ciseau.

Il ne se considérait pas comme un coiffeur d'ailleurs mais comme un visagiste, comme cela était écrit sur la devanture de son salon, avec une vitrine décorée par un vitrail illustré d'un dessin de Piem.

C'est ainsi qu'il convainquit plusieurs ministres et autres sommités, dont je tairais ici les noms par confidentialité ou peut-être par peur d'éventuelles représailles, de changer de style.

Et il se trompait rarement, sa clientèle le remerciait pour le relooking positif qu'il avait eu sur eux.

Il avait fidélisé en quelques années un matelas non négligeable de clients et roulait sur l'or, enfin sur le laiton.

Etonnant pour un coiffeur, me direz-vous ?

Sauf qu'une variable de poids pouvait encore décupler les revenus des artisans à l'époque, à savoir : faire du "black".

Je ne saurais estimer convenablement ses revenus non déclarés pendant cette période, mais je dirais sans prendre trop de risques qu'ils devaient être de l'ordre des 50%.

Il résista même à prendre un terminal de carte bleue pendant près de cinq ans, si ma mémoire est bonne.

De la fraîche direct *in the pocket* non compostée par les pénibles gendarmes du Trésor public.

Voler en rase-mottes en dessous des radars coercitifs de l'Etat, quel bonheur !

Nous avions notre rendez-vous hebdomadaire pour aller dîner dans sa cantine du soir, à savoir Chez Françoise.

Nous nous retrouvions très souvent les jeudis soir sur sa table favorite, celle avec une banquette en cuir en forme de demi-lune de couleur taupe.

Et nous déconnions entre père et fils, autour d'un ris de veau et autres asperges sauce mousseline - Ah la sauce mousseline de Chez Françoise, c'était quelque chose ! -.

Voici encore un autre ressac béni qui allait caresser l'océan turbulent de ma vie.

Grâce à leur réussite professionnelle tant méritée, mes parents avaient pu concrétiser leur rêve d'enfant, à savoir faire construire une maison à Varengeville-sur-Mer, comme berceau cotonneux pour leurs vieux jours. A partir d'un hectare vierge, ils créèrent une demeure au pur style normand.

Au son d'une musique mélodieusement orchestrée entre colombages, briques rouges et silex incrustés, poutres apparentes et une cheminée ouverte - et non pas ces détestables inserts qui nous colonisent aujourd'hui -.

Mon père avait imaginé et dessiné chaque recoin de la maison, bon, avec l'aide d'un architecte de la région tout de même.

Salle de bain exposée plein est avec une large baie vitrée pour que le soleil vienne l'enrober chaudement lors de ses bains matinaux.

Bow-window donnant plein ouest pour pouvoir déguster son whisky bourbon Four Roses au soleil touchant.

Quant au jardin - pardon, au parc floral - il fut magnifié par la touche botanique intacte de mes parents.

Mon père planta chaque arbre de ses mains : lauriers, frênes, hêtres, tilleuls, peupliers, catalpas, liste non exhaustive.

Ma mère planta chaque fleur et chaque plante de ses mains : je retiendrai principalement ici les rhododendrons et leur sublime floraison.

Cette maison, ce jardin, leur ressemblaient tant.

Bon goût et bien-être.

Ma mère avait d'ailleurs pris sa retraite à Varengeville-sur-Mer en 2003.

Mon père continuait lui à prolonger son labeur, son ego très satisfait de cabotiner avec ces sommités.

Il vivait à Paris la semaine et retrouvait ma mère à la campagne les dimanches et lundis.

Deux jours par semaine ensemble, voici la formule secrète pour conférer à tout couple la plus belle des longévités.

Mais comment se portait ma Valkyrie au fait ?

Elle avait bien grandi, en la voyant se dresser sur ses deux p'tites guiboles à onze mois lors d'un déjeuner estival chez Giannis.

Mon frère d'armes faisait d'ailleurs partie de la confrérie des "Papa-Gaga", sa femme Nathalie lui ayant offert deux mois plus tôt un trognon de p'tit bonhomme prénommé Daryl.

Nous nous laissions bercer par le doux ressac de la belle vie.

Mais une fois de plus, comme dans une boucle quantique, la foudre allait à nouveau fendre en deux nos hauteurs séraphiques.

Giannis fut contacté par Katiana, la grand-mère d'Igor.

La voix brisée, elle lui annonça qu'elle venait de tomber sur le corps sans vie d'Igor dans le salon de leur appartement.

Elle l'avait retrouvé gisant dans une mare de sang, un couteau de boucher à ses pieds.

Igor s'était tranché la gorge d'un coup net au niveau de la carotide.

Pas de lettre, pas de trace, pas d'explication.

Igor était parti comme il avait vécu.

Libre, chiant sur la bienséance en prenant soin de laisser la porte grande ouverte.

Dix ans plus tard, nous venions de perdre notre second frère d'armes.

Giannis et moi-même étions dévastés face à ce putain de sort noirâtre qui s'acharnait sur notre fratrie.

Nous guidâmes sa grand-mère dans le labyrinthe administratif turpide en l'aidant à gérer le vol morbide des vautours-fauves, ces charognards de "Roc-Eclair".

Quelques jours plus tard, son corps fut incinéré, dans la plus stricte intimité, au crématorium de Pontoise, à quelques centaines de mètres de là où notre amitié avait fleuri il y a près de trente ans.

La division des frères d'armes était dorénavant réduite de moitié, mais Giannis et moi-même, les deux grands-blancs restants, allions continuer à voguer crânement en haute mer, l'aileron fier et les mâchoires solides en l'honneur de nos frères sélachimorphes disparus.

Un nouveau ressac calaminé d'une graisse indélébile nous souillerait jusqu'à la fin de nos jours

Igor venait de partir pour le long sommeil.

Celui dont on ne revient pas.

Repose en paix, mon frère d'armes.

Juillet 2017.

Dix ans s'étaient écoulés après cette catastrophe nucléaire.
Avec Giannis, nous avions appris à continuer à vivre avec nos scarifications saillantes.
Un autre événement déchirant était en train de se produire.
A savoir la rupture annoncée avec Joséphine.
Sa pupille solaire avait commencé silencieusement à s'étioler depuis quelque temps.
Il n'y avait eu aucun signe exogène à notre désamour criant.
Pas d'adultère glauque ou de relation massacrée par l'envoi de pitoyables missiles balistiques entre nous.
Notre amour avait été simplement buriné par le temps assassin, élimé par la routine délavée.
Notre rupture se ferait sans armes, ni violence.
« *Pas de ces haines cachées aux lendemains des rêves, sous les monts acérés comme des tranchants de glaive.* »
Ces paroles issues de la chanson en duo si touchante :
Parler d'amour d'Art Mengo accompagné de la voix envoûtante d'Ute Lemper.
L'amour dure trois ans, cinq ans ou sept ans selon des différentes maximes à la con décrétées.
« *L'amour dure le temps qu'il doit durer* »
Citation de Walter Burel.
Philosophe chez Aldi.

Notre amour aura duré douze ans et aura été au-delà de toutes les espérances imaginées.
Merci à la Force Suprême de m'avoir oint de cette ablution éternelle.
Comme dans une dernière volute de romantisme qui avait si magnifiquement incarné notre amour, nous nous offrîmes une dernière nuit en guise d'oraison amoureuse.
Chez nous.
Dans notre suite.
Au Lutetia.
Une dernière nuit d'un magma tétanisant.

« Les choses sont tellement simples quand l'amour ne les complique plus.
Un plaisir brut, puissant, total.
Mais, doit-on appeler ça faire l'amour ou le défaire ? »
Dialogues ciselés de Michel Audiard, personnifiés par François Leclerc incarné par mon idole Jean-Paul Belmondo dans l'inégalable film d'Henri Verneuil *Le Corps de mon ennemi*.
Un polar captivant, une satire sociale acerbe des années 70, habillée par le verbe truculent de Michel Audiard.

Mon film préféré de tous les temps.

Nous avions adopté la garde alternée concernant Giova.
Tiens, j'ai omis de vous informer que nous avions attribué ce diminutif à notre fille.

Avec le recul, il faut reconnaître que ce fut assez égoïste et peu judicieux de ma part de doter ma fille d'un prénom à quatre syllabes.

Mais ce prénom lui seyait à ravir et il faut dire que Giova sonnait bien à l'oreille aussi.

Après la vente de notre appartement, nous élûmes demeure avec Joséphine chacun de notre côté dans deux très beaux appartements à Vincennes.

Joséphine aura été finalement conquise par les charmes de l'Orient francilien.

C'était avant tout une mère-Louve Alpha qui ne se serait éloignée pour rien au monde de sa Valkyrie.

Giova tendait vers ses dix ans, le plus bel âge d'une vie à mon humble avis.

Celui où l'on demande à son papa pourquoi le ciel est bleu ou pourquoi l'herbe est verte.

Le temps de l'innocence.

Très beau film *Le Temps de l'innocence* de Martin Scorsese, œuvre qui fustige la haute société new-yorkaise des années 1870 avec le troublant Daniel Day-Lewis.

Ce temps béni qui complétait un peu plus ma vie de ces doux ressacs.

Côté professionnel, cela faisait plus de quinze ans que j'étais au *Figaro*.

Une performance qui avait été tout sauf un long fleuve tranquille.

Tout au long de ces années, le grand-blanc avait dû lutter contre les morsures saignantes de ses confrères aux dents longues.

D'autres grands-blancs avaient tenté vainement à plusieurs reprises de s'arroger mon poste, mais ils étaient encore un peu trop verts pour déloger le squale monarchique.

La modestie était en option chez moi.

Néanmoins, ils allaient pouvoir s'entretuer pour briguer le trône qui allait devenir vacant.

En effet, j'allais être sollicité par un chasseur de têtes, terme un peu trop belliqueux, préférons ici le terme de recruteur si vous en convenez.

Un poste de cadre supérieur était à pourvoir dans l'entreprise "Merlinrama".

"Merlinrama" était la première enseigne de bricolage en France et même en Europe d'ailleurs.

Une société qui pesait dix milliards d'euros.

Cette société appartenait à la famille "Molliez", avec à sa tête le fondateur et patriarche, Bernard "Molliez" et ses 94 ans sémillants.

Première fortune de France, il fut le créateur du premier supermarché du pays dans les années 50.

Il était à la tête d'un véritable empire qui pesait 150 milliards d'euros avec d'autres enseignes de distribution spécialisées (alimentation, ameublement, restauration et j'en passe) dans sa galaxie de milliardaire.

On notera un fonctionnement économique assez inhabituel dans cette famille, à savoir que les fonds de pension ne pouvaient entrer dans le capital du groupe.

Pas de place pour des veuves écossaises éplorées ou autres spéculateurs voraces pour venir y faire fructifier leurs deniers.

Ne pouvaient siéger au comité de surveillance que des héritiers de la famille, des "Molliez" de sang ou par alliance.

Si ma mémoire est bonne, je crois qu'ils devaient y avoir plus de 700 héritiers à l'époque.

Le poste à pourvoir était alléchant, puisqu'il était question d'être directeur du développement digital de la société, en gros, il serait demandé au candidat de piloter et d'accroître la manne financière sur le site "Merlinrama.fr"

Après un premier entretien passé avec le cabinet de recrutement, j'allais passer un second entretien avec la Deputy Manager du groupe.

Tiens, c'est bizarre, je ne pensais pas qu'on pouvait manager des députés dans une enseigne de bricolage.

Je me rendis à Marcq-en-Barœul dans le Nord de la France, où se trouvait le siège social de "Merlinrama".

Marcq-en-Barœul était un peu le Neuilly lillois.

Non, je dirais que cette ville aseptisée ressemblait plus au Vésinet en fait avec son style d'habitations rigoureusement ordonnées.

Des villas néo-bourgeoises qui exsudaient les finances judéo-chrétiennes avec d'énormes thuyas prétentieux en guise de froides fortifications.

J'allais faire connaissance avec la Deputy Manager, traduisons ici ce poste en français : c'était un rôle de directeur adjoint, une sorte de bras droit du directeur général.

L'assistante de direction vint me chercher à l'accueil du siège et me fit monter dans le bureau de Madame la Deputy Manager.

Une femme élégante et à la poignée de main presque aussi ferme que celle d'un maréchal-ferrant.

Elle répondait au nom de Laurence Dribier.

Derrière ce rideau postural de fer, je décelai au cours de notre entretien une humanité dans sa pupille généreuse.

Elle me testa sur la connaissance du métier mais je vous épargnerai ici les circonvolutions techniques du digital, ma foi, relativement ennuyeuses.

Le grand-blanc avait préparé sa meilleure partition en amont.

Restait à séduire Laurence, le rôle de séduction étant assez sous-estimé dans les entretiens d'embauche.

Je repartis de cet entretien assez prudent mais confiant, car « Un tiens, vaut mieux que tu ne l'auras pas ».

L'attente fut tout de même anormalement longue avant la prise de décision.

Mais deux mois plus tard, je reçus un appel de Laurence qui tint à m'annoncer, en personne, la bonne nouvelle.

J'acceptai le poste en lui témoignant une joie digne d'un enfant le jour de Noël.

Je ne négociai même pas les conditions financières, une rémunération annuelle à six chiffres me ravissant suffisamment comme ça.

En revanche, je négociai ma présence au siège dans le Nord.

Hors de question que j'aille vivre là-bas, il n'y a pas de vallons dans cette région plate comme une limande.

Plus sérieusement, il était inenvisageable que j'abandonne ma Giova pendant le Momentum d'un Papa avec sa fille.

J'allais négocier avec Laurence une semaine découpée ainsi :

Deux jours au siège dans le Nord, deux jours à la direction régionale à Paris, rue de Dunkerque et un jour de télétravail, les prémices.

Je serai amené à me coltiner les allers-retours Paris-Lille tous les lundis et mardis.

Le jeu en valait trop la chandelle pour le côté financier et pour le challenge, je trouverais les aménagements voulus pour ne pas laisser en plan ma Giova.

Je commençai quelques semaines plus tard.

J'étais en charge de 25 personnes tout de même, entre le commerce, le marketing, et l'opérationnel.

Je m'investissais à 200% dans cette nouvelle mission et Laurence m'accorda toute sa confiance après lui avoir fourni les preuves de mon excellence professionnelle - vous dit ici Narcisse Modeste -.

Nous devînmes même assez proches, notamment en allant déjeuner ensemble dans ces estaminets lillois typiques qui fleurent bon le welsh, ou la vieille chaussette sale, c'est selon.

Laurence était indubitablement quelqu'un de bon.

Les allers-retours pesaient un peu sur ma résistance mentale, voire physique, mais je tenais la distance en apprivoisant l'habitude.

Avant chaque Paris-Lille, je prenais le temps chaque matin d'aller me requinquer d'un double espresso au Terminus Nord, brasserie typiquement parisienne, situé en face de la gare du Nord.

Une brasserie qui ressemblait un peu à celle du film *Garçon !*

Film de Claude Sautet avec les impeccables et regrettés Yves Montand et Jacques Villeret dans les rôles principaux.

Au milieu de ce parvis parsemé de mendiants prostrés dans l'expectative de quelques sous qui tomberaient de quelques mains compatissantes, un homme attirait mon attention semaine après semaine.

Un homme très propre sur lui, gobelet à la main, qui ne mendiait pas mais qui sollicitait courtoisement la charité chétive des passants pressés.

Un homme qui prenait le soin d'être très présentable.

Je le voyais poser son miroir fendillé sur le rebord d'un muret de la gare du Nord pour se raser de près et recoiffer sa longue tignasse cendrée.

Il ne mendiait pas assis, le regard tourné vers le sol.

En allant quêter poliment au-devant de la plèbe foisonnante, il faisait logiquement plus recette que les clochetons figés vers le bas, ce qui devait lui permettre de se payer parfois quelques nuits dans les hôtels les plus miteux du 10ᵉ arrondissement.

Il existait des ordres naturels chez les cloches.

Et cet homme avait décidé d'être tout en haut de la pyramide en faisant lui aussi partie du super-ordre des sélachimorphes dans la chaîne alimentaire de l'indigence humaine.

Il faut être honnête, la majeure partie des clochards s'avérait être des krills assez repoussants, baignant dans leur pisse et noyant leur désarroi dans des litrons de Villageoise.

Veuillez m'excuser pour cette saillie "eugéniste" gratuite.

Au fil du temps, on peut dire que j'étais devenu actionnaire majoritaire de la misère de cet homme au regard des euros que j'avais fait tintinnabuler en masse dans son gobelet.

Lors d'un matin ordinaire pour la SNCF qui annonçait mon train avec deux heures de retard, je me mis en tête d'en savoir un peu plus sur ce personnage qui m'intriguait et émergeait de ce marasme social ambiant.

Je l'emmenai au Terminus Nord pour prendre mon double espresso, il prit un chocolat chaud de son côté, ce qui était entendable au regard du climat quasi hivernal qui avait commencé à poser son manteau piquant en ce mois de novembre réfrigérant.

Cet homme, Didier de son prénom, n'était pas un clochard, mais un sans domicile fixe.

Il cochait toutes les cases de ce "profil" encore trop présent à l'heure actuelle.

Accident du travail, perte de son emploi, quitté par sa femme, le chômage, les fins de droits, etc.

Cliché absolu, me-direz-vous ?

Réalité glaçante, vous rétorquerai-je.

Une époque formidable.

Ce film de Gérard Jugnot qui ne peut pas mieux illustrer cette descente aux enfers.

Film qui n'a malheureusement pas pris une ride trente ans plus tard.

Aaah, Toubib, Crayon, Mimosa !

Ces personnages poétiques avec une mention spéciale pour Richard Bohringer, acteur à la carrière cinématographique bien trop maigre.

J'avais fait preuve d'une empathie instantanée pour Didier.

Une mauvaise sortie de route sur une départementale verglacée de sa vie, quelques tonneaux dans un champ de hasard, mais il avait évité le choc frontal avec un platane mortifère.

Alors, il me prit l'envie d'agir avec lui comme un agent de la DDE ou de la voirie, si vous préférez.

A savoir, l'aider à se remettre en marche sur une route qu'il n'aurait pas dû quitter.

Didier descendit aux toilettes bourgeoises de la brasserie, trop content de pouvoir se refaire un brin de coquetterie, j'imagine.

Pendant ce temps, je glissai 200 euros dans l'une des poches de son parka, oui, j'avais toujours plein de cash sur moi, une vieille réminiscence de mon adolescence de voyou.

J'inscrivis en même temps un petit mot sur un morceau de feuille déchirée de mon carnet Moleskine noir en cuir de vachette.

« Pour un peu de belle vie ! ».

Le temps avait filé et je regagnai à la hâte le quai de la gare, la SNCF était bien à l'heure avec ses deux heures de retard.

Didier me serra la main en me gratifiant d'un :

« Merci d'être quelqu'un de bien, Walter. »

Se libéra alors en moi une forte dose de dopamine et son circuit de la récompense, nous y reviendrons plus tard.

Je ne le savais pas encore à ce moment-là mais cet instant d'humanité suspendu serait le premier embryon d'une mutation psychologique en moi.

Je croisai Didier dès le lundi suivant sur le parvis.

Je lus comme une sorte de honte, de gêne, sur son visage :

« Pourquoi tout cet argent... ? Je tiens à te rembourser cette somme dès que j'aurais retrouvé un boulot »

« Parfait, Didier ! On va refaire ton CV et on va s'en occuper de ce boulot ! »

L'entreprise "Merlinrama" englobait 150 magasins en France, il y aurait bien un poste de vigile ou d'agent d'accueil, comme vous préférez, à pourvoir.

Après enquête en interne de ma part, il y avait bien plusieurs postes d'agents d'accueil -restons là-dessus - à pourvoir dans toute la France.

Je sélectionnai le plus proche pour Didier, à savoir le "Merlinrama" d'Ivry-sur-Seine.

Vous le voyez ?

Mais si, on ne voit que lui en passant au niveau de la porte de Bercy sur le périph'.

Avec, en arrière-plan, les deux conduits géants de la plus grande déchetterie d'Ile-de-France recrachant ses fumées obscènes 24 heures sur 24.

Après une franche cooptation de sa candidature de ma part auprès du directeur du magasin et après l'entretien brillamment mené par Didier, il fut embauché et débuterait la semaine suivante.

J'étais heureux pour Didier.

La dopamine en profusion électrisait mes synapses.

Quelques semaines plus tard, je me rendis au magasin d'Ivry, c'était le magasin de bricolage le plus proche de Vincennes, afin d'égayer un peu la décoration de la chambre de Giova.

Bon, j'y allais surtout pour voir Didier.

L'étonnement et le plaisir de me revoir éclairèrent son visage.

Nous allâmes casser une croûte sur le fil pendant sa pause-déjeuner dans un bistroquet sordide.

Bon, finalement, le jambon-beurre n'était pas si mal.

Il était déjà l'heure de reprendre pour Didier.

Il m'enlaça virilement pour une étreinte de bonhomme.

« Merci encore pour tout, Walter » me prononça-t-il, les yeux quelque peu embués.

« De rien, mon grand-blanc » lui répondis-je.

De retour à mon appartement, je vidai les poches de mon somptueux loden bleu marine en cachemire de chez Arthur et Fox et je tombai sur quatre billets de 50 euros et un mot griffonné par Didier sur un bout de papier :

« Chose promise, chose due, parole de grand-blanc ! »

Si la vie de Didier allait se remplir de nouveau dignement, le parvis du lundi matin serait désormais bien fade pour moi.

Novembre 2019.

Cela faisait deux ans que j'occupais mon poste chez "Merlinrama".
Depuis la reprise en main du site par mes soins, le chiffre d'affaires de *Merlinrama.fr* avait crû de 1,5%.
Permettez-moi de vous convertir ce pourcentage en valeur absolue : le chiffre d'affaires du site s'élevait à un milliard d'euros en 2017 à mon arrivée.
Soit 15 millions d'euros en plus dans les caisses de la famille "Molliez" en deux ans.
Laurence, au-delà des congratulations du comité de direction pour ces remarquables résultats, était avant tout plus que fière de son poulain.
Il faut dire que nous étions devenus très proches, je dirais même, amis dans la vie.
Nous avions partagé moults dîners ensemble dans son pavillon de Lambersart, le Vincennes lillois.
Laurence était mariée à Pascal, un super bon mec qui travaillait dans l'informatique.
Ils avaient une fille du même âge que Giovanella, une petite Rose, qui avait éclos il y a douze ans.
Les deux princesses s'entendaient comme larrons en foire.
Je me laissai bercer par ce nouveau doux ressac et son écho enchanteur.

Mais une fois de plus, un haïssable ouragan allait désagréger ce ciel radieux.

J'étais chez mes parents à Varengeville-sur-Mer, comme un week-end par mois.

Mon père avait pris sa retraite six mois auparavant.

Je ressentis tout de suite quelque chose d'anormal quand je ne vis pas le sourire transversal habituel de ma mère m'accueillir dans le jardin.

Nous prenions notre apéro rituel entre père et fils en faisant le tour du parc floral où tous les feuillus reflétaient magnifiquement leurs dégradés automnaux.

Mon père marqua un temps d'arrêt :

« Fils... Cela faisait quelque temps que j'avais une gêne désagréable au niveau de l'anus » - Il avait bien évidemment dit « *du cul* » - mais je préfère rester solennel en la circonstance.

« J'espérais naïvement que ce soient des hémorroïdes récalcitrantes.

Le médecin m'a sommé de faire des examens : cancer du côlon, Fils... »

Je restai sans voix, puis me brisai de sanglots, comme lors de mes précédents violents ressacs.

Il me tapa sur l'épaule en me disant calmement :

« Ça va aller, Fils, ça va aller... »

Le crabe venait de décider de s'en prendre indûment à mon père.

Mais comment un crabe insignifiant pouvait prétendre livrer bataille face au plus grand des grands-blancs ?

Sauf que celui-ci n'était pas un crabe comme les autres.

C'était « Le Crabe aux pinces de mort » et il ne sortait pas d'une bande dessinée.

Il allait commencer les premières séances de chimiothérapie la semaine suivante afin de résorber au plus vite la tumeur maligne.

J'informai ma boss - pardon, mon amie Laurence - de l'effroyable nouvelle et sans que je ne lui demande quoique ce soit :

« Prends deux semaines de vacances, c'est TA priorité. Forza mon grand ! »

Je décidai de rester à la campagne pour un peu de Belle Vie avec mon Papa.

Je serai à ses côtés pour sa première séance de chimiothérapie.

Il refusa catégoriquement au début mais aussi têtu que lui - les grands-blancs ne font pas des krills -, je finis par le convaincre.

Nous arrivâmes au CHU Charles-Nicolle de Rouen dans le service du professeur Lamort - pardon du professeur Chandot - un des plus grands cancérologues français, paraît-il.

L'infirmière vint chercher mon père pour l'emmener dans la salle dédiée à la séance.

Je restai planté sur une chaise de la salle d'attente et juste avant de pénétrer dans la pièce, mon père se retourna et me décocha avec panache :

« Hé Fils ! Chimio que rien ! »

L'humour éternel au-delà de l'horreur dans cette étape lourde aux relents d'égouts.

Une fois le mélange d'eau de Javel et de mort-aux-rats injecté dans son corps, nous repartîmes aussitôt à la maison.

Mon père décida d'aller se coucher directement en rentrant, éprouvé par cette première séance, mais ça, il nous n'en dirait pas un mot.

Un planning d'une séance tous les quinze jours pendant quatre mois lui avait été programmé.

Je repartis au boulot le cœur lourd comme une pierre de basalte.

Je revins un mois et demi plus tard, soit après la quatrième séance.

Et le traumatisme fut épouvantable.

Si la chimio est censée réduire la tumeur, elle rétrécit aussi tout ce qui va avec.

Les sourcils, dans les godasses.

L'apparence physique de mon père était terrible à voir.

En revanche, rien n'avait bouger au niveau de son humour :

« Alors, Fils ? Tu viens voir comment va ton héritage ? »

Février 2020.

Fin du protocole.

Verdict du professeur Chandot :

La tumeur avait considérablement réduit et tout en restant prudent, mon père serait en très bonne voie pour une rémission, selon le médecin.

Il faut rendre à la chimiothérapie ce qui appartient à la chimiothérapie, à savoir que l'eau de Javel et la mort-aux-rats peuvent s'avérer efficaces.

Il pouvait rentrer à la maison, suivi de près par une infirmière libérale.

Notons que mon père connut cette rémission juste avant l'arrivée de la pandémie de Covid, il s'éviterait ainsi de périlleux voyages à Charles-Nicolle, qui comme tous les autres hôpitaux de France, allaient devenir de grandes morgues à ciel ouvert pendant des mois.

J'ai omis de vous parler d'une phase dramatique de ma vie.

Rembobinons quelques mois en arrière pour comprendre l'incompréhensible.
J'avais fait la connaissance il y a quelques mois, en septembre 2019, je crois, d'une gorgone pernicieuse qui allait me coûter très cher.
Cette sorcière spécieuse s'appelait la cocaïne.
Cette rencontre maléfique eut lieu lors d'une soirée de relations publiques avec nos clients les plus contributeurs de "Merlinrama.fr".
Cette soirée d'affaires se déroulait au musée du Louvre-Lens - à Lens donc -, je ne me souviens plus de l'exposition, en tout cas ce n'était pas le bleu de Klein.
Je dégustais une coupe de champagne, un Nicolas "Faillatte" imbuvable, avec Axel, un de mes collègues très sympathique de notre service marketing.
J'avais remarqué qu'Axel était très dynamique au boulot, je dirais même un peu trop.
Après s'être enjaillé de quelques coupes de cet infect Destop champenois, Axel me demanda si une ligne de coke me tenterait.
Mon penchant pour les psychotropes s'était arrêté à un bon joint de shit - avec une préférence très claire pour le népalais - et j'avais toujours refusé en bloc tous types de drogues dures.
Je n'allais tout de même pas commencer à toucher à ces saloperies à 45 piges.
Je suivis Axel aux toilettes sans aucune réflexion, ni autres états d'âme.
Nous nous enfermâmes tous les deux dans un des cabinets.

Axel sortit un sachet blanc, posa un mouchoir sur le haut de la chasse d'eau, traça deux lignes de coke en prenant soin de les aligner impeccablement avec sa carte Visa Premier.

Puis il prit un billet de 50 euros de sa poche en l'enroulant sur lui-même de façon très serrée, ce qui ferait office de paille improvisée.

Il sniffa la première ligne d'une traite et me tendit le billet en s'exclamant :

« Let's go to Paradise now, Walter ! »

Je pris la pointe d'un coup sec.

L'effet fut immédiat.

Comme l'impression d'une clairvoyance radicale.

Les cinq sens en éveil maximal.

Pouvant isoler les conversations de plusieurs convives à la fois.

Contrairement à l'alcool ou au cannabis, qui avait tendance à abalourdir mes dispositions mentales, cette drogue optimisait mes facultés cognitives.

J'avais l'impression d'être devenu un organisme cybernétique - ou cyborg - équipé d'un scanner infrarouge avec cette aptitude à analyser mon entourage avec une acuité sans pareil.

Cette drogue me transformait en une sorte de T-800, le *Terminator* de James Cameron incarné par Arnold Schwarzenegger dans le fim éponyme.

Laissez-moi vous illustrer cela par un cas concret.

Au mois de décembre 2019, l'entreprise d'origine allemande, "Blake & Deckar", leader mondial de l'outillage, interrogea "Merlinrama" pour un appel d'offres afin de savoir à qui il confierait l'intégralité de son budget digital pour l'année 2020.

Nous serions en compétition avec notre principal concurrent, à savoir l'enseigne "Castobrico".
L'enjeu financier était assez colossal puisque nous parlions là d'un budget de 500 000 euros au global.
Nous préparâmes minutieusement notre dossier avec Laurence, qui n'intervenait pas habituellement sur la partie commerciale, mais au regard de l'enjeu économique, elle serait à mes côtés au cœur de ce réacteur à six chiffres.
Nous nous rendîmes au siège de "Blake & Deckar", situé à Limonest, morne ville de la banlieue nord de Lyon.
Arrivés à l'accueil, je demandai à l'hôtesse où se trouvaient les toilettes.
Mouchoir posé sur la chasse d'eau, Visa Premier dégainée et paille en billet de 50 euros plantée dans le nez, je m'inhalai un rail de coke juste avant la grand-messe.
J'étais tombé le nez dans la neige de façon solitaire, Axel, étant devenu mon fournisseur officiel en poussière d'ange.
On nous dirigea vers la salle présidentielle avec une bonne douzaine de sièges autour d'une table en forme de U.
Là, nous attendait, un parterre digne d'un haut-commandement de la Wehrmacht préparant la Blitzkrieg - ou guerre éclair - de 1940.
Directeur marketing, directeur commercial, directrice digitale, directrice financière et pour finir, *last but not least*, le président-directeur général Europe de "Blake & Deckar", Günter Netzer, aux faux-airs d'Heinrich Himmler.

Le meeting se ferait intégralement en anglais, ce qui ne me poserait aucun problème.

Je ne pus m'empêcher, à ce moment-là, d'avoir une pensée émue pour Grant, mon mentor linguistique du Park Street et pour mon frère d'armes, Igor.

On peut dire que l'aréopage vaniteux qui se dressait face à nous était lourdement armé pour pouvoir contrer chacun de nos potentiels errements ou défaillances.

Mais la montée de la coke allait jouer son rôle à plein et le T-800 était en mode activation optimale.

Tout était clair comme de l'eau de roche, je décodais toute la Matrice dans la salle avec un brio déconcertant.

Au fur et à mesure de notre argumentation, je visualisais mes sponsors et mes détracteurs parmi tous ces cols-blancs de la perceuse.

Comme autour d'une table de poker, je voyais à travers leurs cartes, les forts qui étaient munis d'une paire d'as, les faibles et leur 7-2 dépareillés.

Veuillez m'excuser ici pour la gêne occasionnée pour les non-initiés à ce jeu de hasard, de stratégie et de fine psychologie.

Nous fûmes challengés de toute part par les généraux allemands sur la valeur ajoutée de notre offre, mais tel Rafael Nadal à ses plus belles heures, je ne fus nullement débordé en fond de court en faisant preuve d'une défense de fer.

En plus d'une base commerciale performante, mes neurones étaient dopés par la blanche.

Ce jour-là, je jouai la plus harmonieuse de mes symphonies professionnelles.

Sans suspense et avec une modestie objective, la directrice marketing de "Blake & Deckar" nous informa la semaine suivante que nous avions remporté cet appel d'offres et repartirions avec un demi-million d'euros dans notre besace.

La part de la cocaïne dans ce triomphe était tout sauf négligeable.

Voilà le résumé de la seule grandeur que m'apporta cette laisse de dépendance.

Les dommages collatéraux de cette drogue revêtaient un pouvoir de destruction sans pareil.

A savoir, "l'après-trip", la "descente" pour faire plus simple.

L'état de loque humaine post-euphorie était proportionnel à l'état de pseudo toute-puissance que l'on avait en pleine montée.

Le terme défini par les médecins-addictologues pour caractériser cet état de manque était celui de dysrégulation hédonique.

Je trouvais cette terminologie médicale très juste, je dirais même poétique.

On aurait presque dit du Socrate.

Pour ma part, j'avais appelé cela le désenchantement du monde.

Cette substance ciblait de façon chirurgicale la dopamine en la boostant artificiellement de façon surmultipliée, ce fameux circuit de la récompense, comme nous l'avons vu plus en amont et comme nous le verrons mieux en aval.

La cocaïne avait des vertus sur l'excitation sexuelle, jouant sur le neurotransmetteur de la sérotonine.

Lors de meetings entre différents services chez "Merlinrama", j'avais pu distinguer à plusieurs reprises les yeux de Chimène d'une demoiselle pour mon physique d'Apollon.

Cette femme était la directrice de la communication du groupe et répondait au nom d'Agathe Dupays, mais de quel pays d'ailleurs ?

La parité de la galanterie ayant fait son œuvre, elle décida un jour de prendre les devants en m'invitant à prendre un *drink* - un apéro, bon sang ! -.

Nous conversâmes dans un bar lounge lillois, j'abhorrais ce terme lounge et tout ce qui allait avec.

Agathe était une femme avenante avec un sens de l'à-propos notoire.

Elle avoisinait presque ma taille du haut de ses talons carrés de dix centimètres.

Une belle asperge mais sans sauce mousseline.

Si sa pupille chatoyait timidement, elle n'avait rien de solaire et je ne pouvais m'empêcher de repenser, le cœur lesté de mélancolie, à la première rencontre avec mon astre cosmique, ma Joséphine.

Mais pas de confusion des genres ici quand Agathe me dit ouvertement qu'elle était dans une optique de *One Night Stand* avec moi, bref, je ne serai qu'un coup d'un soir pour elle.

La parité de la prédation sexuelle avait aussi fait son œuvre visiblement.

Je m'en accommodai volontiers, car j'étais en proie à une période de sécheresse intense côté libido.

Au cours de nos conversations tout de même très stagnantes, Agathe tint à m'informer d'une précision à son sujet.

Elle était mariée à Alexandre "Molliez", elle faisait donc partie des 700 et quelque héritiers de la dynastie "Molliez" par alliance.

Son mari exerçait de hautes fonctions dans une des enseignes du groupe "Molliez", à savoir "Septathlon", enseigne spécialisée dans la distribution d'articles de sport.

Il était directeur général pour toute l'Asie et devait passer le plus clair de son temps entre des journées à animer des conseils d'administration soporifiques à Kuala-Lumpur et des nuitées à se débaucher avec des putes mineures à Bangkok.

Agathe semblait ne devoir vivre que deux ou trois mois dans l'année avec son mari.

Ils résidaient dans une spectaculaire demeure à Croix, ville du Nord limitrophe de la Belgique, érigée à la gloire des "Molliez".

Après plusieurs daïquiris pour elle et plusieurs pintes d'Anosteké pour moi - une des meilleures bières du monde - Agathe me fit converger sans ambages vers chez elle pour un dernier verre.

Elle décida de prendre le volant de sa Mini Cooper en dépit de son alcoolémie avérée mais j'avais foi en ses origines ch'tis pour arriver à bon port.

Une fois le portail en fer forgé et la longue allée de tilleuls dépassée, je fus subjugué par la démesure de cette demeure.

Une demeure recouverte de lierre avec une bonne dizaine de fenêtres à l'étage et autant de portes-fenêtres au rez-de-chaussée.

Une pelouse en pente, arborée d'un grand saule, donnant sur un étang où somnolaient deux cygnes d'un blanc intense.

Oui, il faisait nuit mais une lune gibbeuse et mes branchies de grand-blanc m'avaient permis de dépister tous ces reliefs cuivrés.

Il y avait une dépendance en retrait où les domestiques avaient leur refuge ancillaire.

Je me croyais revenu à l'époque féodale avec vassaux et suzerains.

Nous pénétrâmes dans la demeure avec un style Louis XIII à tous les étages, qui transpirait un faste désuet et une solitude huileuse.

Je passai me rafraîchir aux toilettes pour me prendre une ligne de coke, servie par Panoramix.

Agathe me prit ensuite par la main et me transporta en courant dans sa chambre.

Elle se déshabilla puis se jeta sur mon corps enveloppé dans son costume Smalto.

Une fois les toiles d'araignées enlevées sur sa peau de céramique blanche et froide, je laissai aller toute ma bestialité viking s'emparer de son corps en friche.

Ses gémissements bavards tout au long de la nuit auraient pu mettre en péril le court roupillon des domestiques.

Il n'en fut rien.

Après des heures d'orgasmes brutaux et décomplexés et après m'être assoupi quelques minutes, j'entendis au loin dans mon esprit embrumé une voix sourde :

« Walter ! Walter ! Réveille-toi ! Il est cinq heures et le jardinier va se lever. »

« Mais il est fou ! »

« Il y a une sortie par l'escalier de service, si ta dignité n'en souffre pas trop, tu longes l'étang et... »

« Sois tranquille, toujours à ma place, le Belphégor des alcôves ! »

Un dernier hommage au *Corps de mon ennemi* :

A voir ou à revoir impérativement, vous dis-je !

Nous nous revîmes ensuite lors de réunions, sans amertume aucune, conscients d'avoir passé quelques heures de chairs brûlantes arrachées à la vie.

Mars 2020.

Un scénario digne d'un film d'anticipation allait tous nous frapper d'un coup sec.
Comme dans le dérangeant film *Contagion*, film réalisé dix ans plus tôt par le très talentueux Steven Soderbergh, également réalisateur de Traffic, mon troisième film préféré.
Traffic, ce film qui vous transporte dans les bas-fonds et les arcanes glaçantes du monde sans pitié de la drogue aux Etats-Unis.
Notre président Cramon nous annonça en direct au journal de 20 heures cet historique confinement.
Je ne le savais pas encore mais ce putain de pangolin, combiné à ma cocaïnomanie établie, allaient me précipiter dans une déchéance abyssale.
J'allais être grignoté par une terrifique vie de schizophrène.
Une semaine sur deux avec Giovanella à faire le maître d'école matin et après-midi, ce qui me fit prendre conscience que je n'avais même pas un niveau 5e en mathématiques. En même temps, on n'avait pas été très potes avec Pythagore et Thalès au collège.
Une semaine sur deux avec ma fille rien que pour moi, je bénis ici le pangolin de m'avoir offert un nouveau doux ressac pour la vie.
Mais il y avait l'autre semaine sur deux, seul dans mon appartement de Vincennes.
Côté professionnel, mon corps de métier fut un des très rares à prospérer "grâce" au Covid.

Les magasins "Merlinrama" ayant fermé leurs portes, les ventes de nos produits allaient se déporter massivement sur le site "Merlinrama.fr".

Nous allions atteindre un chiffre d'affaires indécent pendant ce laps de temps, ce qui allait donner un teint plaisant à ma feuille de paye chaque mois.

Tout en restant dans mon canapé pour bosser, mon métier de services et de commerce pouvant se faire sans aucun problème à 100% en distanciel.

Mais une fois le soir venu, je mutais en une sorte de lycanthrope égaré.

Quelques jours avant le confinement décrété, j'avais pris le soin d'aller m'approvisionner en coke auprès d'Axel.

J'avais vu (trop) large en prenant un stock de cinquante grammes.

La cocaïne présente un profond côté désinhibiteur, contradictoire au fait d'être terré chez soi.

On ne peut mettre un grand-blanc en cage à la base, alors un grand-blanc enragé, je vous laisse imaginer.

Ces soirs de vide humain, je commençai par mettre un premier pied dans un gouffre de vice.

Je m'inscrivais sur le site de poker en ligne "Loosamax", l'adrénaline provoquée par ce jeu se mariait à merveille avec sa copine la dopamine, que libérait la cocaïne dans mon cerveau.

Je m'inscrivais sur un autre site pour mettre mon second pied dans ce gouffre.

Un site de rencontre appelé "Winder" où l'on trouve des profils de femmes pour échanger et rencontrer, comme la dénomination de ce site le formule.

J'appris à swiper, à liker, à matcher.

Mes photos de beau mec associées à mon verbe haut et plein d'humour allaient s'avérer être une arme de prédation massive.

J'allais ainsi sombrer dans un temple de stupre menaçant.

Un temple à double entrée : la main droite sur mon ordinateur relançant une paire d'as sur "Loosamax", la main gauche conversant avec des femmes inconnues.

Des restrictions drastiques avaient été imposées pour ce confinement et son minuscule rayon d'un kilomètre autour de votre domicile à ne pas dépasser sans le précieux sésame de l'attestation.

Cela ne m'empêcha pas, une fois la nuit tombée, excité par l'idée de défier l'ordre établi, d'aller au-devant de ces papillons de nuit en perdition.

Mon ton badin et mon maniement habile de la langue de Molière étaient rassurants pour la gent féminine.

Rajoutons que ma belle gueule couronnait bigrement le tout, ne soyons pas modestes.

Elles se disaient qu'elles n'auraient pas face à elles un prédateur psychopathe.

Ce site était en fait une gigantesque brocante humaine où se dispersaient femmes en quête d'amour, femmes en quête d'écoute mais avant tout, soyons transparents, femmes en quête de sexe.

Je commencerai mes premières rencontres début avril.

De façon assez stupéfiante, la plupart de ces femmes dociles me proposaient de venir directement chez elles pour prendre l'apéro.

C'est ainsi qu'après une bouteille de champagne engloutie, encore de l'imbuvable Nicolas "Faillatte"-j'eus toutefois droit à une bouteille de Mumm cordon rouge – nous partions pour des heures de baise plus ou moins endiablées.

Notons que je prenais le soin de m'enfiler un rail de coke juste avant d'arriver chez ses dames, ce qui m'adjugeait une vigueur physique digne de mes ancêtres vikings de retour dans leurs villages après plusieurs mois de conquêtes sanglantes.

Ce fut grisant au tout début de se laisser aller à ses divagations libidineuses purement consuméristes.

Mon corps était enjoué à l'idée de jaillir de sa caverne pour se retrouver tout à coup au milieu d'un dancefloor enflammé de prétendantes avides.

Certaines femmes préféraient venir chez moi, parfois tout juste après avoir fait leur connaissance.

L'ubérisation du sexe m'avait contaminé.

Il n'était plus question de savoir si vous alliez vous faire livrer une pizza ou des burgers à dîner.

Mais de savoir si vous alliez baiser français ou asiatique le soir.

Je m'étais arrêté de compter au bout de dix de mes "trophées" mais un ressac coléreux allait matérialiser mon dégoût pour ces conduites fangeuses.

Un soir caniculaire de mai, je me rendis chez une de ces énièmes gourgandines.

Elle ouvrit la porte, posa son index sur mes lèvres m'intimant de ne pas dire un mot.

Elle s'agenouilla ensuite en déboutonnant la braguette de mon jean, tout en m'adressant la seule phrase de notre rencontre :

« Ne fais pas trop de bruit en jouissant, j'ai mon petit qui dort juste à côté ».

Je crois avoir touché le point culminant de la "glauquitude" en ce jour noir.

Juste après avoir quitté cette instantanéité méprisable, je fus pris d'une crise de nerfs à la limite de la suffocation.

J'étais terrifié avec une répulsion pour la personne que j'étais en train de devenir.

Paradoxalement, cette réaction me rassura quelque peu, celle de savoir que j'étais encore un être humain.

Cette dernière rencontre aura eu le mérite de produire un électrochoc en moi :

Plus jamais, je n'irai déverser mon mal-être camouflé dans ces gorges déboussolées à l'avenir lugubre.

Je supprimai l'application le soir même.

Mais l'autre fils du vice s'agrippait encore à ma jambe.

Je décidai un soir de jouer des sommes insensées sur le site "Loosamax".

Cocaïné à haute tension ce soir-là, je jouai des mises délirantes sans aucune stratégie de jeu, juste par pur instinct addictif et irrationnel.

Résultat de la casse : je perdis 12 000 euros en deux ou trois heures, je crois.

Au global, j'avais régurgité près de 20 000 euros en deux mois dans cette spélonque sans fond.

Dès le lendemain, je me fis interdire de tous types de jeux d'argent sur internet auprès de l'ARJEL (Autorité de régulation des jeux en ligne).

Quelle fierté d'avoir coupé ces deux branches pourries dans ma vie.

Mais qu'allait-il me rester pour remplir cette vacuité envahissante qui habillait mes crépuscules ?

15 mai 2020.

Quelques jours après avoir fait le plus dur, mais dans un soir d'égarement terminal, je trempai mon nez dans la neige comme jamais.

Pour bondir ensuite dans mon coupé Mercedes - oui, j'étais passé à un modèle moins familial, la Classe C comme célibataire - pour rouler au milieu de nulle part.

Je m'engageais sur l'autoroute A4 au niveau du pont de Charenton vers une direction inconnue.

Je me dirigeais en réalité vers une destination prédéterminée.

Je faisais rugir les 250 chevaux de mon bolide allemand, avec la coke comme copilote démoniaque en influenceuse perverse.

La ligne d'arrivée était proche.

Juste après le tunnel de Nogent-sur- Marne.

220 kilomètres/heure au compteur.

Je perdis le contrôle de mon véhicule pour venir m'encastrer dans le rail de sécurité, suivi de plusieurs tonneaux sur la bande d'arrêt d'urgence.

« Walter s'éveille dans l'air idéal.
Le paradis clair d'une chambre d'hôpital.
L'infirmière est un ange et ses yeux sont verts.
Comme elle lui sourit, attention, Walter veut lui plaire. »

Nombreux d'entre vous auront sans doute reconnu ici le dernier couplet de *La Ballade de Jim* de "La Souche" alias Alain Souchon.

L'infirmière était bien un ange mais aux yeux couleur acajou et à la peau aux reflets d'ébène.

Je n'avais quasiment aucune douleur, la pompe à morphine jouant son rôle à plein.

Le diagnostic était assez lourd, mais pas tant que cela au final, au regard de la brutalité de l'impact :

Fracture du tibia droit, traumatisme crânien sévère mais sans hémorragie interne et décollement de la plèvre.

Je n'étais pas passé loin de l'échec et mat, mais mon fou intérieur avait su protéger son roi de la cruelle attaque de la reine des neiges.

Je tiens ici à féliciter la fiabilité et le professionnalisme de tous les ingénieurs et ouvriers des usines de Stuttgart.

Je devais ma vie à la *Deutsche Qualität* d'un airbag allemand.

Autant vous dire que si mes choix automobiles s'étaient orientés vers la préférence française - avec toute la considération que j'ai pour les ouvriers exerçant du côté de Sochaux, par exemple - on peut dire objectivement que je n'aurais été plus de ce monde.

J'étais très affaibli mais vivant.

La morphine était devenue ma meilleure copine.

Mes parents furent les premiers à mon chevet le lendemain de l'accident, suivis de ma Joséphine en début d'après-midi, elle n'avait judicieusement pas emmené Giova et l'avait encore moins informé de ce qui venait d'arriver à son Papa.

Giannis, mon frère d'armes, sera là vers 16h.

Laurence passa me voir quelques jours plus tard avec, dans ses bras, les livres *La Carte et le territoire* de Michel Houellebecq et *Sur les chemins noirs* de Sylvain Tesson.

C'est étrange, je venais de danser grièvement avec la mort et pourtant, je me sentais drapé d'un espoir capital : celui de revenir à la vie.

Revenons à ces billes acajou papillotantes que j'avais croisées à mon réveil.

Elles appartenaient à une infirmière qui répondait au doux prénom d'Alimata.

Nous avions été frappés par un arc foudroyant dans le croisement de nos regards mélangés de turquoise translucide et de noisette ambrée.

Alimata était une femme d'une beauté à couper le souffle, bon, ce n'était pas le bon moment, il fallait tout de même que je respire au mieux !

Elle essayait de me décontracter à chacune de ses visites pour faire mes soins, par un mot gentil ou une note d'humour bien sentie.

Alimata exerçait au CHU Henri Mondor de Créteil depuis une dizaine d'années, ce qui me permet de vous localiser l'emplacement de mon hospitalisation, au passage.

Un médecin, aimable comme un cow-boy de la Bac Nord, passa me rendre visite pour m'en dire un peu plus sur mon état.

Je serai encore alité pour un mois à l'hôpital, qui serait assorti d'un mois supplémentaire avec des béquilles pour soutenir mon tibia droit en forme de Mikado.

Au regard de la complicité qui s'instillait chaque jour un peu plus avec Alimata, j'étais sur le point de me péter le tibia gauche pour rester un mois de plus à ses côtés. Comme estimé par le contrôleur de gestion en blouse blanche, je quittai l'hôpital un mois et une semaine après mon accident.

Le traumatisme crânien était résorbé, le décollement de la plèvre restait lui assez douloureux à chaque expiration - je ne vous parle même pas de la dérouillée en cas d'éternuement - et pour le tibia, j'arrivais à claudiquer gaillardement dans le bois de Vincennes avec mes échasses d'infirme.

Les doux ressacs abondèrent à flots pendant cette ère post-traumatique.

Je retrouvai ma Giova, lui disant que Papa s'était cassé une jambe au foot, oui, je taquinais un peu la gonfle le dimanche matin en vétéran au polygone de Vincennes.

Laurence se battit bec et ongles auprès de la direction pour le maintien de ma prime semestrielle, ce qui comblerait largement mon hémorragie financière sur "Loosamax".

Alimata jouait du djembé de toutes ses forces sur mon cœur fanatique.

Et pour finir, la meilleure nouvelle du moment : je signai l'arrêt de mort de la grande Dame pulvérulente : la cocaïne.

Permettez-moi un nouveau pas de côté :
Quelques-uns parmi vous auront peut-être perçu, bien à tort, comme une intention de ma part de faire l'apologie de cette drogue.
Laissez-moi ici vous en faire la nécrologie.

Ce poison hautement toxique qui peut désintégrer votre vie en quelques mois.

Ce poison qui arrive à vous faire croire à une omnipotence en trompe-l'œil.

Ce poison qui arrive à vous déguiser insidieusement en un surhomme que vous n'êtes pas.

La cocaïne est un raz-de-marée qui anéantit tout sur son passage.

J'avais joué au funambule avec elle au-dessus du Styx mais j'avais pu rejoindre l'autre rive, celle des survivants.

J'allais embastiller cette diablesse scélérate en la condamnant à perpétuité.

Ne vous laissez jamais aborder par cette hydre venimeuse et totalitaire.

Protégez tous vos proches de ce sang noir.

Nous étions au mois de juin et mon corps inspirait un oxygène retrouvé.

Avec le délice de toute cette pétillance estivale.

Mais mon cœur bouillonnait cruellement du manque d'acajou.

Je décidai alors de retourner à Henri Mondor pour congratuler tout le personnel soignant qui avait été si professionnel et si attentionné pendant mon séjour.

Je passai dans le service avec une boîte de chocolats - attention de marque Valrhona, pas du "Jeff d'Anvers" industriel-.

Je n'avais qu'une seule appréhension : qu'Alimata soit en congé ce jour-là.

Ses contours se dessinant à l'angle d'un couloir, mon cœur s'embrasa de fumerolles éruptives.

Elle croisa mon regard et je pus voir sa pupille stellaire, la pupille solaire serait immuablement réservée à ma Joséphine, se dilater de ravissement.

Nous discutâmes ensuite de banalités, comme sur l'évolution de ma convalescence qui se passait pour le mieux.

Puis, mu par un instinct de grand-blanc, je pris un stylo posé sur un bureau et lui gribouillai mon numéro de portable sur un bloc-notes au logo de l'AP-HP.

Je pris ensuite mes jambes - enfin, ma jambe valide - à mon cou et quittai l'hôpital d'une façon impoliment empressée.

Les jours suivants, mon portable greffé à la main, j'attendais l'étincelle numérique d'un message d'Alimata.

La providence tant espérée se produisit une semaine plus tard avec le retentissement du "ding" d'un texto.

« Alors, comment va mon boiteux préféré ??? »

Il va bien, merveilleusement bien même.

« Hey, ma nurse préférée ! En pleine forme ton boiteux ! Cela te dirait d'aller gambader avec lui pour un pique-nique dans le bois de Vincennes ? »

Le "ding" suivant m'acheva de dopamine :

« Avec plaisir, mon gentleman cascadeur ! »

Mon cœur endormi se remettait à palpiter comme il y a quinze ans.

Rendez-vous fut pris lors du samedi suivant.

J'optai pour l'option champêtre avec panier en osier et nappe à carreaux rouge et blanc.

Il y aurait un poulet fermier au menu.

Nous nous retrouvâmes vers 19 heures devant le château de Vincennes avec nos pupilles stellaires dilatées à l'excès.

Nous nous posâmes ensuite quelques minutes plus tard au pied d'un chêne reposant du bois de Vincennes. A mi-chemin entre l'ombre rafraîchissante de ce grand feuillu et d'un soleil juilletiste bienfaisant.

Nous nous restaurâmes allègrement en rapprochant nos corps impatients.

Au bout d'un soleil couchant impressionniste, nos mains se frôlèrent, nos lèvres se brulèrent, nos corps se lièrent.

Nous fûmes consumés par nos corps vibrants de désir ardent et nous fîmes l'amour au grand jour, à la grande nuit, à l'ombre d'un croissant de lune malingre en guise de paravent face aux silhouettes invisibles.

Nous nous quittâmes ensuite vers trois heures du matin, emplis de vertige.

Alimata aurait crevé d'envie de rester au creux de nos délices, mais elle était mère de trois enfants et devait emmener son petit de dix ans à l'école quelques heures plus tard.

Nous nous revîmes un soir sur deux, voire presque chaque soir, après notre nuit de magie suspendue et ce pendant presque six mois, je crois.

Nous avions été heurtés par un amour magnétique, pour ne pas dire cabalistique.

Un phénomène étourdissant.

Celui des chairs empourprées.

Celui des chairs déchiquetées par l'épanouissement fusionnel.

Nous étions habités d'une connexion sensorielle exceptionnelle.

De jouissances désinvoltes à vous faire sombrer dans la folie.
Cette souveraineté charnelle qui vous transporte au-delà du réel.
Nous échappions à tout contrôle en s'anéantissant de notre volupté frénétique.
Voir le sexe lascif se mêler à un sexe plus bestial.
Laisser aller nos vagues submersives déchaîner toute leur perversité, leur lubricité.
Sans aucune honte, ni culpabilité mais, au contraire, avec une entente démentielle.

Si le premier semestre 2020 fut un cauchemar sans fin, le second fut un rêve éveillé.
Le chiffre d'affaires continuait à couler à flots chez "Merlinrama".
Mon cœur venait de se surprendre en voyant que son volcan engourdi pouvait faire rejaillir des geysers insoupçonnés de lave amoureuse.
Mon père croquait sa rémission à pleines dents.
C'était un grand-père gâteau, il était fou d'amour pour sa petite-fille.
Lorsque Giova se réveillait à la campagne en prenant son chocolat chaud du matin, il se mettait à chanter gaiement :
« C'est ma Gio-Gio, c'est ma Giova ! »
Sur l'air de la chanson de Pierre Perret : *Ma p'tite Julia.*
Ils tondaient l'hectare ensemble en passant le tracteur, la p'tite Gio-Gio solidement accrochée entre les genoux de son Papé, c'était ainsi qu'elle surnommait affectueusement son formidable grand-père.

Et leurs éclats de rire résonnaient jusque dans la cuisine où ma mère préparait un suprême de pintade aux choux dans ses casseroles en cuivre.

Encore un doux ressac qui venait garnir ma précieuse collection de plus en plus conséquente.

Avec Alimata, nous étions toujours sexuellement plongés dans notre savoureux règne animal.

Alimata était musulmane, pratiquante modérée, à savoir qu'elle faisait le Ramadan, ne mangeait pas de porc et ne buvait pas d'alcool.

Ce qui aurait pu jurer avec le descendant de Dionysos que j'étais.

Mais mon amour intransigeant pour elle ne se préoccupa guère de cette considération anecdotique.

Par un hasard prévu, Alimata était peul, ses parents étaient originaires de Bambali au Sénégal, ville située à une centaine de kilomètres à l'est de Ziguinchor.

Mon frère d'armes aurait été tellement heureux de me voir faire union avec une de ses « cousines du bled ».

Tout était allé très vite avec Alimata.

Elle habitait à Montreuil avec ses trois enfants, ce qui était arrangeant pour nous retrouver au regard de la mitoyenneté de cette ville avec celle de Vincennes.

Elle ne m'avait pas donné d'informations sur le père de ses enfants, ce qui me convenait très bien.

Elle me fit rencontrer son fiston de dix ans, Moussa.

Un bon gamin à l'esprit espiègle.

Un humour, une "vivance", des arpèges mutuelles nous unissaient.

Nous étions comme deux frères mutants, dotés du même génome : celui de l'éveil constant.

Tout comme moi, il possédait l'œil du magicien.

Ce gamin, c'étaient mes putain de dix ans.

Ce gamin, comme dans une boucle quantique, c'était le sosie d'Abdou, de mon petit guerrier peul, de mon frère d'armes.

Si Alimata avait fait la connaissance de mes parents lors de mon séjour à Henri Mondor, je l'avais invité seulement deux mois après notre rencontre, à Varengeville pour un week-end de présentation officielle.

Au-delà de la gratitude naturelle qu'ils avaient pour les attentions d'Alimata pendant mon hospitalisation, ils l'accueillirent tout de suite comme une belle-fille probable.

Ma mère la couvrit de ses plus belles créations de cordon bleu : bar de ligne en papillotes, sole meunière, coquilles Saint-Jacques au caramel d'échalotes, oui, la cuisine dégageait fortement l'iode par chez nous sur cette terre maritime.

Mon père et son humour caustique, ne put s'empêcher de se fendre d'un :

« Hé, Fils ! Tu me prêtes ta belle Amazone le temps de ma sieste de l'après-midi ? »

On pourrait trouver cette plaisanterie déplacée, elle témoignait pour moi de la pleine santé retrouvée de mon père.

« Moi, je suis un vieux con vivant, j'ai la gaule, j'suis content. »

Paroles issues de la chanson *La Blanche* de Renaud qui caractérisait l'état de mon père à cette époque.

Cette chanson traitant avec un humour grinçant le sujet de la cocaïne.

Qui étayera tout mon passage précédent sur les ravages de la blanche.

De mon côté, je suggérai à Alimata l'éventualité d'une rencontre avec ses parents.
Je remarquai pour la première fois sur son visage une pupille noire digne d'une toile de Pierre Soulages.
Elle m'explicita, quelque peu gênée, qu'elle ne pourrait pas me présenter à ses parents et pire, qu'elle serait même dans l'obligation de leur nier mon existence.
Je reçus ce déstabilisant tourment comme un uppercut retentissant dans ma mâchoire.
Elle fut peu loquace pour développer ce sujet délicat, me précisant très synthétiquement qu'elle ne pourrait présenter à ses parents qu'un homme musulman.
Je fus radicalement assommé par cette annonce péremptoire.
Si les parents d'Abdou étaient des musulmans rigoureux, ceux d'Alimata étaient des musulmans rigoristes.
A leur décharge, les parents d'Alimata portaient en eux la réplication pavlovienne de rites et coutumes ancestrales.
Mais Alimata avait, elle, tout son libre-arbitre pour déchirer son torse et clamer son amour battant à ses parents.
Je pris néanmoins le parti de mettre cette entaille douloureuse sous le tapis, même si une première traînée de poudre venait de voir le jour entre nous.

Début octobre 2020, zigzaguant subtilement entre les différents confinements et autres couvre-feux, je passai rendre visite à l'ami Giannis pour lui présenter officiellement Alimata, qu'il avait croisée lors de mon hospitalisation.

Nous gueuletonnâmes comme il se doit.

Mon frère d'armes était au paradis dans sa belle longère du pays de Bray.

Il venait d'entreprendre, sous l'impulsion de sa belle et intelligente Nathalie, le projet de concevoir des gîtes en construisant des dépendances autour de son domaine.

L'idée était de vivre ses vieux jours comme un baron de rentier et de quitter le poids usant nerveusement de la direction de son usine.

La fin de l'année 2020 se terminait aussi délicieusement qu'elle avait dramatiquement commencé.

Mars 2021.

Les voyants étaient au vert fluorescent pour le grand-blanc.
Mais comme dans un continuel recommencement de violents ressacs, de nouvelles interférences allaient faire grésiller ces ondes angéliques.

Commençons par Laurence avec qui j'allai dîner un soir de printemps ensoleillé à La Chicorée, la brasserie emblématique de Lille située sur la Grand'Place, ouverte 24 heures sur 24.
Brasserie où l'on pouvait déguster leur épatant waterzooï, sorte de bouillabaisse du Nord mais en bien plus digeste que les étranges mixtures à touristes que l'on vous sert dans la cité phocéenne.
Je viens ici de perdre en une seule phrase l'ensemble de mon lectorat marseillais, voire provençal.
Ne pouvant le perdre en route, j'adore la bouillabaisse en fait.
Mais revenons à Laurence et le ton bilieux qui déshabillait son visage.
J'avais peur qu'il lui soit arrivé quelque chose de grave dans sa vie personnelle.
Elle m'annonça à brûle-pourpoint :
« Je viens de me faire nettoyer.
Ouais, mon grand, virée à l'américaine. »
Elle me développa le contexte de son licenciement.
Face à la montée en flèche de la concurrence sur le segment du bricolage et spécialement d'"Homazon",

leader mondial du commerce en ligne, le comité de surveillance de "Merlinrama" avait décidé de renouveler des têtes à la direction.

Et Laurence ferait partie de ce que l'on appelle une charrette, comme on dit dans le jargon de la jungle du grand capital.

Elle n'allait fatalement pas se laisser faire ainsi et la Lionne allait faire surgir ses griffes les plus affûtées pour traîner "Merlinrama" dans la savane hostile des Prud'hommes.

En guerre ouverte, Laurence quitta "Merlinrama" par la petite porte.

Elle ne souhaita pas officiellement faire d'un pot de départ, un grand bal de l'hypocrisie.

Je pris tout de même l'initiative d'organiser une "sauterie" en son honneur en réunissant cinq ou six personnes qui avait comptés pour elle dans l'entreprise.

Je réservai un espace dédié pour célébrer nos pensées larmoyantes à La Véranda, un restaurant du Vieux Lille avec son joli jardin d'été.

Un ressac aigre-doux.

Le comité de surveillance, résolu à américaniser au maximum son état-major ne trouva pas meilleure idée que de débaucher la Deputy Manager d'"Homazon".

Cette femme, Hakima Farik, allait remplacer ma Laurence.

Lors d'une présentation collégiale d'Hakima, mon instinct de grand-blanc démasqua tout de suite le personnage : une *Angel Face Killer* .

Une tueuse au visage d'ange, en version française, à nouveau pour les anglophobes éventuellement ici présents.

Préjugé hâtif, me direz-vous ?

Lucidité extrême, vous rétorquerai-je.

Il y allait avoir une création de poste entre la Deputy Manager et moi.

Hakima était venue avec, dans ses bagages, un de ses ex-lieutenants, disons avec un de ses colleys, chien des plus fidèles.

Il était Head of Strategy chez "Homazon".

Il fut nommé : directeur Omni Channel de la stratégie et des moyens.

Mais quel est ce monde étrange où l'on donne des libellés de postes dignes d'un haut cadre de la CIA à des gens qui n'ont pour but que de vous faire acheter plus de tondeuses et de radiateurs ?

Cette personne, répondant au nom de Cédric Martébat, serait mon nouveau supérieur hiérarchique.

Il me convoqua pour un *one to one*, bon, un rendez-vous en face-à-face, c'est mieux.

Idem que pour mon instinct avec Hakima, je saisis que j'allais devoir combattre un réplicant.

Un « réplicant » : terme issu du légendaire film d'anticipation *Blade Runner* de Ridley Scott avec Harrison Ford et le glaçant Rutger Hauer incarnant le chef de file des réplicants.

Les réplicants sont des androïdes, plus proches du clone humain que du robot.

Je me trouvai face à un réplicant-type d'un ouest parisien doré et méprisant.

Il habitait effectivement à Boulogne et revêtait l'uniforme complet :

Pull en cachemire Zadig & Voltaire, baskets blanches Veja, doudoune sans manche Colmar, sac à dos Herschel.

L'uniforme standard de ces clones sortant, pour une bonne partie, de l'usine-école de Jouy-en-Josas, école dont je tairai derechef le nom ici.

J'aurais aimé pour une fois que mon instinct de grand-blanc se trompe mais il n'en fut rien.

Je fus tout de suite mis à rude épreuve par ce type :

Audit minutieux de mon activité, reportings à outrance, taux de pénétration et de couverture clients.

Déclinaison implacable du modèle américain "Homazonien" dans toute son horreur.

Je m'apprêtais à vivre des heures ardues dans le bagne crotté de la robotisation du commerce.

Nous allions fêter notre premier anniversaire avec Alimata.

Mais la traînée de poudre s'allongeait de plus en plus.

Je revenais souvent à la charge sur ce sujet inconfortable de mon existence aux yeux de ses parents.

Et je voyais que ma lourde ténacité sur ce sujet commençait à l'agacer passablement.

Nous n'avions par ailleurs que peu de passions communes.

La nature était, par exemple, très loin de ses préoccupations premières.

Je ne pourrais escompter l'attifer de tout l'attirail Quechua pour partir barouder dans le Cantal.

Elle était en revanche très coutumière des randonnées mercantiles au centre commercial de Rosny 2.

Mais notre histoire était encore harnachée aux cordages robustes de notre alchimie charnelle.

J'allais terminer ce premier semestre par le plus violent des ressacs.

J'arrivai un vendredi soir à la campagne chez mes parents comme un week-end sur deux.

Je revis sur le visage de ma mère cette expression grave qui me fit envisager le pire.

Lors d'un examen de contrôle de mon père à Charles-Nicolle, on lui détecta une métastase sur le foie.

Le « Crabe aux pinces de mort » lui aura laissé une trêve d'un an et demi avant de se réveiller brusquement.

Mon père allait devoir repasser par la case ténébreuse de la chimiothérapie.

Nous arrivions vers la fin juin et je crevais d'espoir que l'état de grâce du second semestre 2020 se réplique avec fougue.

Le mois de juillet fut un doux ressac.

J'avais pris trois semaines de congés pour être à ses côtés.

Nous vécûmes, ce mois-ci, la plus belle saison de notre relation père-fils.

Le mois d'août commença en revanche à diffuser des odeurs malodorantes.

J'étais de plus en plus acculé au boulot par la nocivité de Cédric.

J'étais peu à peu exclu de toutes les réunions stratégiques, exproprié de toutes mes victoires, mis au placard tout simplement.

Je reçus un recommandé fin août me notifiant un avertissement sur la base de griefs injustifiés et montés de toutes pièces par ce réplicant déterminé à me terminer.

Je mis les bouchées doubles au boulot pour tenter de prouver ma valeur inchangée.

En vain.

Quand on veut tuer son chien, on dit qu'il a la rage.
La pression montait de plus en plus et je sentais l'étau se refermer sur moi.
Que je sois sacrifié sur l'autel du grand capital, soit.
Mais ce réplicant prit un malin plaisir à me piétiner avec délectation.
Je fus sujet à un lourd harcèlement moral entre les mails à minuit pour vous demander de rendre un dossier le lendemain avant midi, les rabaissements sournois en séminaire d'équipe.
J'avais affaire à un grand-blanc de quarante ans, plus alerte, plus frais, qui raffolait du goût du sang.
Je sentais chaque coup de mandibules de ce squale déchaîné lacérer ma peau usée.

Septembre 2021.

Je reçus un mail de la DRH de "Merlinrama" pour me convoquer à un entretien.
Un entretien préalable au licenciement.
J'accueillis la nouvelle comme un choc thermique.
Les motifs de licenciement était clairement abusifs et tout était réuni pour que je conflue vers les Prud'hommes comme Laurence, ce qu'elle me recommanda expressément de faire d'ailleurs.
Mais cette nouvelle m'avait complètement fragilisé et je ne me sentais d'aucune force pour partir dans un bras de fer mesquin qui pourrait s'étaler sur deux ans.
Je choisis l'option de la rupture conventionnelle.
Après avoir barguigné avec la DRH le montant de mon indemnité de départ, j'allais clôturer mon aventure chez "Merlinrama" d'une piètre façon.

Pour couronner de houx cette triste fin, il me fut sommé de quitter la société une semaine après notre accord, avec un pourboire seigneurial d'un préavis chômé payé de trois mois – je serai payé trois mois à rien foutre -.

Mon esprit était empli d'aigreur et d'injustice.

Je croisai Cédric par un hasard prévu lors de mon dernier jour au siège.

En lui glissant à l'oreille :

« N'oublie jamais, je serai toujours dans ton angle mort. »

Citation de *Jack Reacher* - alias Tom Cruise - dans le film éponyme de Christopher McQuarrie.

J'étais très affecté mentalement des commotions professionnelles que je venais de vivre.

Pour me délester un peu de ce poids écrasant, je décidai d'aller rendre visite à mon frère d'armes, Giannis.

Nous nous retrouvâmes autour d'un fabuleux Château Lynch-Bages 2009.

Nous veillâmes assez tard, le cognac XO prit le relais du Pauillac.

Je racontai à Giannis tout le processus de destruction auquel j'avais été éprouvé quand il me lâcha subitement :

« Frère, on va s'en occuper de ton médiocre réplicant. A l'ancienne. »

Je ne compris pas tout à fait la teneur de cette phrase, tout en la comprenant un peu quand même.

Giannis voulait tout simplement que ce grand-blanc néfaste reçoive une belle correction.

Je fus assez dubitatif quant à cette proposition déroutante.

Puis, comme dans une boucle quantique me ramenant trente ans en arrière, je fus envahi par un ressac d'adrénaline.

J'étais convaincu que cette mauvaise personne devrait subir la loi du Talion de la rue.

Restait à définir le meilleur mode opératoire pour exécuter notre châtiment.

Je me mis en quête, dans un premier temps, de loger sa résidence dorée.

Il était facile de débuter la filature puisqu'il rentrait tous les mardis par le Lille-Paris de 18h12, que j'avais tant emprunté, pour arriver à 19h14 à la gare du Nord.

Après avoir franchi le parvis de la gare du Nord, en ayant une pensée émue pour le fantôme de Didier, j'étais posté en retrait de l'arrivée du train, voie 13.

J'étais affublé d'une tenue à la Jason Bourne, alias Matt Damon, dans le trépidant film d'espionnage *La Mémoire dans la peau* du réalisateur Doug Liman.

Casquette noire vissée sur la tête, cache-cou noir et doudoune noire.

Je suivis son trajet dans les transports parisiens de façon très discrète.

Celui-ci m'amena en 45 minutes à la station de métro Boulogne Jean Jaurès.

Je le suivis jusqu'à son domicile.

Une maison de maître en meulière, enclavée entre l'hôpital Ambroise Paré et le parc Edmond de Rothschild.

Cette maison ressemblait comme deux gouttes d'eau à celles dans lesquelles nous avions joué aux apprentis monte-en-l'air dans notre adolescence.

La cible était logée, restait à appliquer la meilleure stratégie d'offensive.

Giannis eut une idée simple et directe :
Faire croire à une simple agression par deux piranhas de banlieue qui détrousseraient un réplicant des beaux quartiers.
Ce scénario me semblait plausible.
Les racailles d'eau douce que nous étions il y a trente ans allaient s'hasarder pour la première fois en très haute mer, du côté des 40es rugissants même.
Nous décidâmes de passer à l'action avec Giannis le mardi 20 octobre 2021.
Nous nous postâmes quelque peu en retrait de la maison vers 19h45, heure qui correspondrait à un quart d'heure avant son retour chez lui.
Nous nous plaçâmes à l'angle d'une ruelle perpendiculaire à la sienne.
Nous étions habillés en noir de la tête au pied, les gants de rigueur, avec une pensée émue pour nos pillages estivaux en mode GIGN quand les quatre frères d'armes formaient encore les quatre doigts de la main d'un lépreux.
Une écharpe noire venait compléter notre tenue d'assaut que nous enrubannerions au dernier moment avant de nous jeter sur notre proie.

20h02.

Le palpitant en ébullition, je vis la silhouette de notre cible s'engager dans la rue.
Une fois arrivé à notre hauteur à l'angle de l'impasse, Giannis poussa Cédric pour le projeter au fond de la ruelle. Pour le reste, de vieux automatismes se remirent en marche, la mémoire musculaire de nos braquages de blousons Starters jouant à plein.

Giannis le balaya d'un coup sec et je bloquai de mon côté sa tête contre le sol avec mon genou compressant sa carotide.

Giannis le délesta de son portefeuille, de sa sacoche en cuir noir Montblanc et don du ciel supplémentaire, de sa resplendissante montre : la Portugieser Automatic W42 de la marque IWC Schaffhausen, qui devait valoir dans les 15 000 euros, au bas mot.

Nous le rouâmes de coups sans vergogne.

Dans le ventre, dans les côtes, dans les jambes.

Il se mit à crier à plusieurs reprises « Au secours ! Au secours ! »

Giannis me dit :

« C'est bon, on lui a tout pris, on se casse ! »

Je vis à terre son genou droit accolé au caniveau du trottoir.

Je fus alors transpercé par un éclair de pure folie.

J'élançai furieusement mon pied gauche paré de sa bottine Chamfort de marque Paraboot pour broyer de toutes mes forces son genou sur le froid béton.

Il ne remarchera plus jamais comme avant.

Il aurait dû mieux surveiller son angle mort.

Nous repartîmes à la hâte et, par chance, aucune âme vigilante n'était venue nous perturber dans notre rixe méphistophélique.

Nous restâmes encore camouflés, nos écharpes juste redescendues au niveau du menton, puis nous sautâmes dans un taxi, rue de Silly, situé à une dizaine de minutes à pied de notre furie vengeresse pour se retrouver dans mon appartement à Vincennes.

Giannis était assez remonté contre moi après cet acte barbare mais tellement exutoire.

Après quelques verres de Dalmore, prestigieux whisky écossais de 12 ans d'âge, nous nous serrâmes dans les bras l'un de l'autre, et je me fendis d'un simple et granitique :

« Merci, mon frère d'armes »

J'étais cependant habité d'une légère anxiété de mon côté, à savoir que Cédric puisse connecter cette agression à la dernière phrase que je lui avais prononcée.

Je saurais très vite si cela était le cas en recevant une convocation chez les flics mais je croyais en la solidité de notre scénario, plus que crédible et savamment imaginé.

Il n'en fut rien les jours et semaines suivantes, j'en déduisis que ma croyance était la bonne.

Aucun remords quant à l'idée d'avoir transmuté ce réplicant en boiteux à vie.

J'étais encore marqué psychologiquement par mon licenciement abrupt et par la toxicité insidieuse que ce sale type avait répandu dans mon cerveau.

Alors, aucune culpabilité d'avoir appliqué la devise de mes ancêtres nordiques :

« Œil pour œil, dent pour genou ».

Novembre 2021.

Peut-être comme un retour de Karma ou comme un destin qui suivrait naturellement le lit de sa rivière, deux violents ressacs allaient éructer leurs sons du canon.

Je voyais moins Alimata depuis quelques semaines. Elle prétextait un agenda chargé entre baptême d'une nièce, dîner d'anciens combattants du lycée et autre emploi du temps professionnel chargé.
Tant de fumeux subterfuges qui pouvaient laisser imaginer une réalité alternative derrière cette façade contrefaite aux échafaudages branlants.
Comme la rencontre cachée d'un autre homme.
L'instinct du grand blanc et ses branchies en éveil était étouffé par l'odeur de poudre se répandant vers une explosion inexorable.
Je pouvais humer l'arôme vénéneux de l'abandon qui allait intoxiquer l'esplanade de notre amour.
Lors d'une ses énièmes indisponibilités à mes requêtes serviles, j'allais précipiter notre saut de l'ange noir.
Je pris mon téléphone pour une conversation au cours de laquelle elle m'informa avec le ton des orages qu'elle avait besoin de prendre un peu de recul, se posant des questions quant à l'avenir de notre relation.
Quelques jours plus tard, je reçus plusieurs messages de sa part où elle m'exprima rudement qu'il était préférable que notre histoire s'arrête là.

146

Même si j'avais senti le goût de la mort humecter notre amour, je ne m'attendais pas à une telle dureté minérale, une telle froideur métallique.

Je tentai de la joindre mais aucune réponse à mes multiples appels désespérés.

Je reçus un message amaigri en guise de funérailles de notre amour :

« Ecoute, je n'ai plus envie de parler de tout cela et je préfère qu'on arrête là, c'est clair ? »

Le texto, ce cadeau inespéré offert à la couardise des cœurs froids.

Cette femme qui n'aura même pas eu le courage de venir me voir pour me dire en me fixant droit dans les yeux : « Je te quitte. »

J'étais effondré, noyé dans son océan de dédain.

J'allais m'avilir les jours suivants à l'inonder d'appels et de textos sans réponses.

Animé par une reconquête maladive, je déboulai sans crier gare au pied de chez elle un samedi en début d'après-midi.

Bloqué dans un couloir d'affolement et de hasard prévu, je la surpris au pied de son immeuble aux bras d'un bellâtre aux couleurs d'ébène.

L'instinct du grand-blanc avait visé juste.

Ils s'enlacèrent et s'embrassèrent intensément à quelques mètres de mes yeux rongés d'acide.

Elle ne m'avait pas vu et deux choix se posaient alors à moi :

Soit rebrousser chemin lâchement, le cœur atomisé.

Soit me dresser fièrement pour tenter de croire l'incroyable.

Le grand-blanc, meurtri mais debout, opta naturellement pour la deuxième option.

Je fis quelques pas en avant et me retrouvai nez-à-nez face à eux.
Alimata fut stupéfaite et paralysée.
Quant à son nouveau courtisan, il resta l'air hagard.
Pas un mot ne fut échangé.
Je restai immobile quelques secondes, le port altier, la mâchoire serrée, le regard liquide.
Elle n'esquissa aucun geste, aucun début d'émission sonore.
Je fis demi-tour et me dérobai comme un voleur par une des allées de la cité.
En arrivant devant ma voiture, je fus électrisé par une décharge brutale de supplices.
Je me mis à vomir toutes mes tripes face ce tremblement de terre placé très haut sur l'échelle de Richter de la duperie amoureuse.
« J'avais dû confondre les lumières d'une étoile et d'un réverbère. »
Mes hommages à Monsieur Francis Cabrel.

Ne jamais tomber amoureux d'un cœur d'airain, c'est vertigineux.

Je partis le soir même à la campagne rejoindre mes parents et pour chercher réconfort dans les jupons de Maman.
La famille, ce refuge guérisseur indéfectible.

L'effroi tempêtant, je commençai à être entamé par d'étranges symptômes.
Une angoisse croissante, le plexus solaire écrasé, un sommeil intermittent du désastre.

Le deuxième ressac de la plus grande impétuosité allait achever ma résistance légendaire.

Mon père était dans un état physique encore plus inquiétant que lors de son premier cancer.

Et pour cause, le protocole de chimiothérapie n'avait pas fonctionné pour ce cancer du foie.

Il avait rendez-vous dans quelques jours pour faire un bilan avec le professeur Lamort

- pardon, le professeur Chandot -.

Nous décidâmes avec ma mère que nous escorterions mon père et il ne rechigna pas cette fois-ci.

Nous assistâmes avec ma mère à la consultation avec le professeur.

La chimiothérapie n'avait pas eu d'effets sur les métastases, qui se montraient de plus en plus agressives.

Il était temps d'avoir recours en urgence à des séances de radiothérapie ou de rayons, c'est pareil.

Il commencerait ces séances dès le lendemain.

Je fondais un réel optimisme sur ce nouveau protocole.

Je trouvais que ce mot rayon avait ce côté pointu, ce côté laser, ce côté Dark Vador, qui pourrait cibler avec précision et désintégrer ces ogresses de métastases invasives.

Il n'en fut rien.

Après trois séances, nous fûmes à nouveau reçus par le professeur Chandot pour un bilan de ce protocole.

La radiothérapie avait juste offert aux tumeurs des séances gratuites chez Point Soleil.

Elles en ressortirent, tout sauf brûlées, mais avec un foutu teint hâlé.

Le professeur nous indiqua qu'il valait mieux que mon père soit suivi à l'hôpital de Dieppe pour qu'il soit au plus près de ses proches.

Il venait de sonner l'hallali de mon père en direct sous nos yeux.

J'étais au chômage, grassement repu par Pôle Emploi avec mes 5000 euros net par mois, montant d'indemnisation que je trouvais scandaleux d'empocher, au passage.

J'allais pouvoir être au plus près de mon Papa pour *Le Temps qui reste*, chanson de Serge Reggiani, une ode bouleversante à la vie.

La dégradation physique de mon père allait être fulgurante.

Il devait peser quarante kilos et sa peau jaunissait de jour en jour à cause du dysfonctionnement hépatique qui cavalait comme un cheval de mort au galop.

Mais son mental de plus grand-blanc des grands blancs ne bougerait pas d'un iota.

Je le gâtai de divins élixirs : Amiral de Beychevelle, Carbonnieux, Haut-Marbuzet.

Oui, pour le vin rouge dans la famille, nous faisions partie du Djihad du Bordelais.

Nous arrosâmes nos dernières agapes de ces breuvages luxueux, ces repas où il put encore ingurgiter ses ris de veau, les plus amers cuisinés par ma mère.

Un dimanche midi, nous prîmes un café entre beaux mecs devant la cheminée face à la baie vitrée qui donnait sur la pergola, plus impressionnante que celle de Pontoise.

La glycine était en berne.

Quoi de plus normal en cette époque de l'année.

« Papa, tu sais que l'on ne s'est jamais dit "Je t'aime" ? »

« Encore heureux, Fils ! On n'est pas des pédés ! »

« Je tenais à ce que tu saches que j'aurais constamment ressenti ton amour. »

« Et moi, je voulais que tu saches que j'ai toujours été fier de toi, Fils.

Tu sais, Fils, je ne pensais pas que je dégagerais aussi vite...

Je sais que tu prendras soin de cette maison, de ce paradis, n'oublie pas Mon Fils que tu es l'Héritier, tu es l'Héritier...

Dernière chose, promets-moi de ne pas venir te recueillir sur ma tombe, aucun intérêt de venir dialoguer avec des saloperies d'asticots ! »

Ma gorge était cerclée d'un nœud marin réalisé par Eric Tabarly, mes yeux humides comme un matin de janvier au fin fond des Highlands.

15 décembre 2021.

Mon père ne se réveillait pas à son heure traditionnelle.
Vers 11 heures, ma mère et moi allâmes toquer à la
porte de sa chambre.
Pas de réponse.
Nous ouvrîmes la porte, le souffle court.
Nous le vîmes se mouvoir difficilement dans son lit,
geindre de façon incohérente.
Nous appelâmes notre médecin de famille sur-le-
champ, le docteur Latrémie, professionnel et très
humain, cette "race" de médecins qui prend le temps,
en voie d'extinction progressive.
Il nous informa l'œil solennel que mon père avait
sombré dans un coma hépatique et qu'il serait
désormais déconnecté du monde réel jusqu'à la fin.
Et qu'il fallait l'envoyer de toute urgence à l'hôpital de
Dieppe.
Il fut transféré dans le service du professeur Lamort - le
vrai, cette fois-ci – commandant en chef de ce service
des ténèbres terrestres, appelé service des soins
palliatifs.
Ces services portant si mal leur nom puisqu'ils ne
servent à rien pallier du tout, si ce n'est à achever des
cohortes de morts-vivants à la structure de cerf-volant.
Une infirmière très pudique vint nous accueillir avec
cette phrase en guise de linceul glaçant.
« Le temps est venu d'accompagner votre mari, votre
père. »
L'accompagner ? Mais où ça ?

Elle nous interrogea ensuite pour savoir si nous étions pour ou contre l'acharnement thérapeutique.

En résumé, souhaitez-vous le voir partir au plus vite ou maintenir son enveloppe charnelle en décrépitude avancée le plus longtemps possible ?

Connectés comme une louve et son louveteau, l'infirmière comprit directement en nous regardant que nous voulions abréger cette impasse morbide dès que possible.

Elle nous dit de repasser quelques heures plus tard en fin d'après-midi, le temps de préparer sa dernière demeure.

Nous revînmes vers 19 heures, la chambre était prête.

Le terrassement fut effroyable une fois la porte franchie.

Je n'aurai pas plus de mots ici pour vous décrire l'indescriptible.

Pas de monitoring en pagaille qui larderait le corps de mon père, uniquement une pompe à morphine qui serait sa dernière auxiliaire de mort.

Mon père ne donnait plus de signe de vie, si ce n'est un regard jaunâtre et quelques gémissements furtifs.

Nous passâmes la nuit à ses côtés, avec ma main entrelacée dans la sienne et celle de ma mère entrelacée dans l'autre.

Les cascades de larmes dégouttelant et souillant le sol de la chambre déjà assez dégueulasse comme ça.

Le lendemain matin, après une nuit ponctuée de nos très brefs assoupissements avec ma mère, mon père venait de s'éteindre.

Je venais de perdre mon Papa, je venais de perdre mon meilleur copain.

J'aurais pu rester sur l'image de cet être décharné du bas de ses 35 kilos.
Mais non, restera l'image immortelle du plus grand des grands-blancs.

Le Papa des flans cachés sous le manteau.
Le Papa qui remonte le col de votre anorak par temps frais.
Le Papa des conseils avisés qui soclent une vie.
Le Papa de l'Amour, le Papa de l'Humour.

Je vous épargnerai ici à nouveau la décharge publique paperassière qui s'ensuivit.
Comme gérer à nouveau le vol morbide des vautours-fauves, ces charognards de "Roc-Eclair".

Il n'y pas de sots métiers, il y en a juste des immondes.

Une fois la géhenne de l'enterrement passée, je n'irai pas me recueillir sur sa tombe.
Non pas par respect de ses dernières volontés, mais par conviction intime.
La mienne serait de ne pas commémorer sa disparition par un recueil physique mais d'entretenir spirituellement la mémoire de nos doux ressacs.
Chaque personne a sa propre philosophie par rapport au deuil.
Ma mère irait, elle, se recueillir chaque semaine sur sa tombe, la garnissant de géraniums et autres azalées pour garder une mémoire tactile et fleurie de son mari.

Les fêtes de la fin d'année 2021 furent un long chemin de croix interminable.

Rupture conventionnelle.
Rupture amoureuse.
Rupture d'un père disparu à l'agonie lente et programmée.

J'aurais pu me consoler en me disant que j'avais au moins évité la rupture d'anévrisme.

J'allais vivre bien pire.

Le grand-blanc ne put résister à ce tir triangulaire de ruptures.
Le même tir létal qui eut raison de John Fitzgerald Kennedy le 22 novembre 1963 à Dallas.
Celui qui me parlera de Lee Harvey Oswald comme tireur isolé, perdra ici toute ma crédibilité.
Une pensée pour le docufiction passionnant d'Oliver Stone, *JFK,* film avec le plus grand rôle de Kevin Costner.
Non, pardon, son plus grand rôle lui fut offert par Clint Eastwood dans le très lacrymal *Un monde parfait.*

Janvier 2022

Ce tir triangulaire me fut donc fatal.
Je fus happé par la panique, tétanisé d'une angoisse anthropophage.
Enterré sous les avalanches de larmes inextinguibles, effondré dans les profondeurs de l'amertume, je m'enfonçais dans un état valétudinaire.
Je ne quittais plus mon lit poisseux, ne mangeais quasiment plus, ne me lavais plus et m'étais coupé de tous contacts extérieurs.
Mes fenêtres sans barreaux donnaient sur un précipice engageant en guise d'aimant périlleux.
Face à ma chute libre, je pris rendez-vous avec le premier psychiatre venu pour tenter de circonscrire cette torpeur "extermina-triste".
Après quelques jours d'attente délétère et devant parer au plus pressé, je fus reçu par un praticien exerçant dans un quartier assez glauque de Vitry-sur-Seine, un psychiatre avec un physique à mi-chemin entre Karl Marx et à Alain Finkielkraut, et à l'hygiène plus que douteuse.
Au vu de la déliquescence qui égrugeait mon visage, le psychiatre n'hésita pas une seconde, il me prescrivit un traitement thérapeutique de Panzerdivision:
Effexor en guise d'antidépresseur, Xanax en guise d'anxiolytique, Lamictal en guise de régulateur d'humeur et Tercian en guise de neuroleptique.

Ce traitement "hiroshimesque" eut le mérite de m'immerger dans une léthargie fulgurante, une fois regagnées mes sépulcrales pénates.
Mais il ne put masquer l'attraction de mort irrépressible, qui colonisait toute mon âme.

10 janvier 2022.

Le soir venu dans ma grotte vincennoise, un ressac ultime, tel celui de la vague de Nazaré qui pulvériserait la moelle épinière du surfeur le plus téméraire, allait tout emporter sur son passage.
Après une bouteille de J&B absorbé en moins d'une heure - oui, j'avais honteusement baissé en gamme au niveau des spiritueux - et dans un élan de suppression définitive, je m'ingurgitai une ramette de dix Xanax d'un coup.
Je n'avais pas eu ce courage de me trancher la gorge comme mon frère d'armes, Igor.
Comme un lanceur d'alertes, j'appelai immédiatement le Samu et leur bredouillai au téléphone mon acte d'autodestruction avant de disparaître dans le noir.
Je rouvris les yeux avec un plafond blanchâtre face à moi.
Walter s'éveille dans un air tout sauf idéal.
Le paradis sombre d'une chambre d'hôpital.
Celui de l'hôpital de Saint-Maurice.
On m'avait prodigué un lavage d'estomac à mon arrivée aux urgences et je m'en étais tiré de justesse.
Tout comme à la sortie du tunnel de Nogent, je venais de valser avec la mort mais j'avais encore échappé à l'échec et mat, mon fou intérieur ayant à nouveau déjoué le mauvais sort.

J'aimerais ici rendre un vibrant hommage aux âmes suicidaires.

Dans la baie des larmes, les corps tirés au sort.
Ces fiers combattants de l'invraisemblable et leur champ des mille batailles
Tous dotés d'un courage incroyable, bien au-delà de la moyenne des "bien-vivants".
Ces êtres qui doivent affronter la martyrisation intérieure permanente.
Enrayer l'hyper-rumination à tout prix.
Avant qu'elle ne vous tire froidement par la main.
Pour vous emmener dans cet endroit dont on ne revient pas.
Mettre un terme à cette abominable aliénation.
La mort peut ainsi apparaître comme la seule compagne affable.
Beaucoup de ces combattants infatigables arrivent au bout d'efforts titanesques, à rejeter cette main faussement curative.
Ils font partie de la garnison des glorieux rescapés de la noirceur dictatoriale.
De ceux qui ont gagné mille et une batailles pour gagner la grande guerre au final.
Combien de ces guerriers héroïques ont gagné mille batailles, mais ont juste perdu la mille et unième ?
Et par conséquent, perdu la guerre en capitulant face à cette main véreuse.
Celle qui vous emmène vers cet endroit dont on ne revient pas.
Une guerre parfaitement déloyale.
Il suffit de perdre une bataille sur mille pour perdre la vie et gagner la mort.
La ligne de crête est donc particulièrement ténue pour se maintenir du côté de l'adret des survivants.

Empathie totale pour toutes les âmes s'étant
effondrées du côté de l'obscur ubac.
De cet endroit dont on ne revient pas.
Ces âmes désossées resteront à jamais des révoltés
magnifiques.

Revenons à mon réveil dans cet air tout sauf idéal.
Mon scanner de T-800 quelque peu endommagé mais
devant encore fonctionner sur son circuit de secours, je
m'aperçus d'un élément marquant.
Les fenêtres de ma chambre portaient des barreaux et
deux verrous.
J'étais interné dans le service psychiatrique de l'hôpital
Saint-Maurice, cet hôpital qui avait fusionné en 2011
avec l'ancien hôpital psychiatrique Esquirol, mitoyen à
celui de Saint-Maurice.
J'étais enfermé dans l'un des plus grands hôpitaux
psychiatriques du pays.
Pour les plus anciens d'entre vous qui l'auront noté, ce
lieu porta jusqu'au début des années 70 le nom d'asile
de Charenton.
Le terrifiant film de Milos Forman *Vol au-dessus d'un
nid de coucou,* ne pourra mieux décrire l'atmosphère
de ces mausolées de la désolation humaine.
Je me retrouvai tel Randall McMurphy, le personnage
principal du film incarné par mon père spirituel, Jack
Nicholson.
A savoir que j'étais le seul patient non-psychotique de
l'établissement, perdu entre ceux qui marchaient en
crabe dans les couloirs, ceux qui léchaient les murs, ou
encore ceux qui riaient à longueur de journée comme
des Chinois névropathes.
Veuillez m'excuser de cette saillie sinophobe gratuite.

Aucune connotation raciste chez moi, bien entendu, vous aurez saisi que j'adore les saillies gratuites mais que j'ai la délicatesse systématique de vouloir m'en excuser pour la gêne occasionnée.

Je me sentais comme lobotomisé et je compris pourquoi en prenant connaissance du nouveau traitement médicamenteux qui m'avait été infligé : Du Valium 10 mg en solution injectable, une benzodiazépine redoutable, et du Largactil 100 mg, dose maximale d'un neuroleptique à la musculature herculéenne.

Le Largactil fut le premier médicament antipsychotique créé pour lutter contre la schizophrénie, les troubles bipolaires et tout ce qui pouvait s'apparenter à de la démence caractérisée.

On notera que cette molécule de la chlorpromazine fut introduite thérapeutiquement en France en 1953 par l'illustre chirurgien, neurobiologiste et écrivain, Henri Laborit, connu pour son brillantissime ouvrage *Eloge de la fuite,* un des trois livres que j'emmènerais si l'on devait m'exiler un jour de force sur l'île Moustique.

Ce médicament fut une révolution considérable dans l'univers de la psychiatrie puisqu'il fit disparaître peu à peu les camisoles de force dans lesquelles on tentait de contenir vainement toutes ces psychoses tentaculaires.

J'étais annihilé psychologiquement et physiquement. Le Largactil vous paralyse en entier, en bloquant tous les nerfs de votre corps : nerf ophtalmique, nerf maxillaire, nerf mandibulaire, la bave dégoulinant sur votre faciès inanimé.

J'étais devenu un légume, mais qui n'allait pas être oublié.

La Louve Alpha sentit de sa lointaine Normandie l'odeur du sang noir de son louveteau.

Ma mère ne put venir me voir à l'hôpital, le protocole médical l'interdisant strictement.

Et malgré son réseau poussiéreux dans le milieu psychiatrique depuis sa retraite, elle parvint à recontacter un de ses anciens "clients" psychiatres auquel elle avait vendu des antidépresseurs pendant trente ans.

Il orienta ma mère vers un de ses anciens disciples, le professeur Zeitoun, chef du service de psychiatrie à l'hôpital Sainte-Anne, situé rue Cabanis dans le 14e arrondissement de Paris.

Ce professeur Zeitoun appela son homologue du service où j'étais incarcéré pour m'exfiltrer de cet océan anarchique de folie.

Après trois jours dans l'anfractuosité du néant, je fus transféré dans une zone plus en adéquation avec ma pathologie, à savoir une maison de repos ou une maison de santé, c'est plus joli, enfin surtout moins moche.

Je fus transféré à la clinique des Lauriers de Meudon-la-Forêt.

Un cadre plus tranquillisant avec des chambres individuelles presque dignes d'un hôtel trois étoiles.

Le coût de cette hospitalisation n'était pas gratuit, je dirais même faramineux.

Mais mon bas de laine, laine aussi épaisse que celle d'un mouton de Shetland, me permettrait aisément d'assumer ce besoin vital.

Il était illusoire de croire que cette hospitalisation agirait comme la panacée sur mon état.

Je passais mes journées croulant sous le poids pachydermique de la maladie qui écrasait tout mon corps, mon plexus, mon diaphragme.

La dépression est une prédatrice carnassière, se nourrissant avidement du désespoir.

Se retrouver, tel Sisyphe, à pousser chaque matin son rocher de désarroi tout en haut de la colline de la liberté.

Pour le voir redescendre indéfiniment chaque soir au pied du val de l'effroi.

Les aides-soignantes me contraignaient à m'alimenter, à me laver.

J'étais renvoyé à un état de fœtus apathique.

Victime de ce que les psychiatres appellent, mais aussi la Sécurité sociale dans la codification de ses actes médicaux, d'un « épisode dépressif majeur ».

Ma mère était venue vivre chez moi pour être auprès de son louveteau chaque jour dans sa chambre de 14h à 18h, heures de visite autorisées, pour le serrer dans ses pattes protectrices de louve blessée mais invincible.

Giannis vint me voir une fois, mais j'avais vu qu'il y avait une gêne, un malaise en lui de voir son frère d'armes végéter dans cette aire d'abandon.

Ces aires d'abandons qui vous dévisagent de leur regard anthracite.

Je n'en voulais pas à Giannis de cette distance pendant mon hospitalisation.

Il peut être difficile pour des proches de supporter ce type de sanctuaires noirâtres, la dépression est une maladie assez incompréhensible pour les gens, même pour votre entourage nucléaire.

Une maladie qui a tendance à faire le vide autour de vous.

Concernant Giovanella, il était hors de question qu'elle me rende visite.

Dès le début de mon hospitalisation, j'avais dit à ma p'tite Giova que j'avais eu une très belle opportunité professionnelle à l'étranger - disons en Suisse, c'est beau la Suisse pour ses reliefs montagneux, un peu moins pour ses habitants -.

Veuillez m'excuser pour cette saillie "helvéticophobe" gratuite.

Et que je serai de retour en France tous les quinze jours.

Cela tombait à pic puisqu'à la clinique, j'avais un droit de sortie comme en prison, deux fois par mois.

Ce qui me permettait de voir régulièrement ma Giova.

Sa pupille solaire ferait office de béquille d'acier pour soutenir mon état chancelant.

Je voyais une psychiatre tous les deux jours pour tenter d'escamoter cette pathologie abrasive mais je n'observais aucun progrès fondamental dans mon état de larve neurasthénique.

Je vivais avec le spectre sulfureux du cadavre de mon père.

Du visage de dédain d'Alimata.

Devoir supporter chaque jour la corrosion mentale.

De celle qui érode méticuleusement chaque millimètre de votre âme.

Dans son ouvrage *Généalogie de la morale*, Nietzsche nous suggère d'apprendre à oublier pour espérer avoir une vie sociale décente.

Il est gentil, l'ami Friedrich, mais oublier, c'est être atteint d'Alzheimer, soyons clairs.

Cela faisait près de six mois que j'étais hospitalisé sans aucun signe d'amélioration.

Paroxétine, Fluoxétine, Vortioxétine, à peu près tout ce qui finissait par "tine" était passé dans mon corps, bon, sauf les Martine, Justine ou autre Faustine.

Je passais même à la moulinette des tricycliques, IMAO, je vous épargnerai ici la description et l'action de ces autres familles d'antidépresseurs.

Par peur de réveiller des ténèbres précieusement inhumées aujourd'hui au centre de ma Terre.

Je me sentais comme un rat de laboratoire où des scientifiques, plus modestement, des psychiatres, analyseraient les réactions d'un cobaye qui semblait être un cas assez insolite, selon eux.

J'étais victime, d'après les différents médecins s'étant succédé à mon chevet, d'une dépression pharmacorésistante, comme le stipule la dénomination médicale consacrée.

Le docteur Daniélou qui me suivait, me révéla ce diagnostic de façon compendieuse.

A savoir que les traitements médicamenteux n'arrivaient pas à juguler ce massacre nourri, à endiguer cette implosion mentale.

Mon cas était à la limite de l'incurable, à écouter ce riche commerçant de la détresse psychologique.

Mais il était impensable que le grand-blanc ne finisse pas par trouver le coup de nageoire caudale voulue pour repartir dans les mers chaudes.

Devant mon cas récalcitrant, le corps médical me mit en relation avec un autre psychiatre, le professeur Galanowski – tiens, un "Mister Mot compte triple" -.

Non, je ne ferai pas cette offense de le nommer ainsi, car ce professeur était autrement plus éminent que la pouf de jeunesse de Giannis.

Ce professeur Galanowski était spécialisé dans la dépression avec un axe de guérison principalement chimiothérapeutique.

C'était un ponte de la psychiatrie française, voire mondiale.

Il avait été à l'origine, avec d'autres scientifiques, de la création en 2010 de l'ICM (Institut du cerveau et de la moelle épinière), qui fut renommé plus sobrement en 2020 Institut du cerveau.

Il me reçut dans son cabinet de la rue Blomet dans le 15ᵉ arrondissement.

Il ne lui fallut que quelques séances pour me révéler que je souffrais d'une dépression exogène, soit une dépression réactionnelle à une succession d'événements tragiques convergents - le fameux tir triangulaire - et non d'une dépression endogène, soit une dépression structurelle qui remonterait à des traumatismes de l'enfance, par exemple.

Evidemment que ma dépression ne pouvait pas être structurelle, au regard de l'enfance arc-en-ciel à la *Boule et Bill* que j'avais eu le privilège souverain de vivre.

En revanche, le professeur Galanowski tint à me détailler l'observation clinique de ma maladie.

C'était la première fois qu'un médecin eut une telle approche et j'étais impatient de décortiquer l'architecture complexe de ma dépression.

La dépression survient suite à un dysfonctionnement des trois neurotransmetteurs que sont :

- La sérotonine, qui a pour fonction de réguler l'humeur, l'appétit et la sexualité.
- La noradrénaline, qui régule principalement la vigilance, les rêves et cauchemars.
- La dopamine qui agit sur l'estime de soi et la joie avec son circuit de la récompense.
Ces premières décharges naturelles de dopamine qui arrivent très tôt dans une vie.
Lorsque vos parents vous félicitent de vos premiers mots bafouillés, lorsque vous recevez votre premier A en CP, lorsque vous goûtez le premier sucre d'un baiser.
La dépression résulte d'un trouble affectant la bonne dynamique de ces réseaux cérébraux.
Comme si votre cerveau était un compteur électrique et que ses principaux fusibles disjonctaient pour court-circuiter tout l'ensemble.
Je lui avais fait part de ma dépendance récente à la cocaïne, ce qui se révéla être un facteur aggravant dans ma dépression actuelle, me confia-t-il.
En m'empiffrant le nez de ce sang noir, j'avais envoyé de lourdes doses de dopamine non-naturelle dans mon cerveau.
Maudissons-ici à nouveau cette pourriture de blanche.
Cela entraîna un circuit de "fausse récompense", qui par conséquent endommagea ce neurotransmetteur qui fut ensuite en manque de sa dose de neige artificielle.
Après les échecs répétés des traitements médicaux sur mon état, le professeur Galanowski me préconisa un protocole.
Ce terme ne put m'empêcher de me glacer le sang en me replongeant dans le service du professeur Lamort.

Ce nouveau traitement s'appellerait les SMT, à savoir les stimulations magnétiques transcrâniennes.

Cette technique médicale consiste à vous poser un appareil en externe au niveau du cortex cérébral.

Il génère ensuite des impulsions électriques, qui stimulent ou inhibent des zones précises du cerveau, dont les neurotransmetteurs.

Cela peut paraître effrayant comme procédé, mais rassurez-vous, rien à voir avec les séances d'électrochocs essuyées par Randall McMurphy qui finiront par le décérébrer à la fin du film *One Flew Over the Cuckoo's Nest* - préférons ici la version originale -.

Les SMT s'avéraient indolores.

Ce traitement avait été développé en France par le professeur Galanowski et d'autres scientifiques.

Il était apparemment très efficient dans le cas de dépressions pharmacorésistantes comme la mienne.

Veuillez m'excuser pour cette longue digression assez lourde et technique, digne d'un article didactique du *Quotidien du médecin,* mais cela me tenait à cœur que vous puissiez assimiler au mieux de quoi est construit cette horrible torture.

Je commençai un protocole de dix séances de dix minutes pendant dix jours consécutifs.

J'espérais que ce triple dix puisse m'extraire de ce vortex lancinant.

Je passerai ces dix séances en ambulatoire à l'Institut du cerveau situé dans l'hôpital de la Pitié Salpêtrière.

Les premiers effets de ce traitement allaient se faire sentir assez rapidement.

Avec pour principale vertu d'affaiblir, d'espacer, mon flot continu de sanglots longs des violons.

Un rendez-vous de bilan post-protocole avait été pris avec le professeur Galanowski mi-juin.

Et je me sentais de mieux en mieux, une renaissance qui voyait les ombres paralysantes s'éloigner chaque jour un peu plus.

Le professeur Galanowski, au regard de mon état en constante amélioration, me confirma que le processus des SMT semblait avoir été efficace sur ma personne.

J'allais pouvoir quitter cette clinique carcérale.

Le grand-blanc allait pouvoir revenir à la vie, après avoir nagé dangereusement avec la mort.

Je n'oublierai pas mes latrines sous Cyamémazine.

Pour savoir ce que représente véritablement une dépression, un seul ouvrage valable :

Face aux ténèbres de William Styron.

Auteur à qui l'on doit, en outre, l'ouvrage *Le Choix de Sophie*, très bon roman qui sera ensuite adapté au cinéma avec l'indémodable Meryl Streep dans le rôle principal.

Face aux ténèbres, un recueil de 128 pages qui ne peut pas mieux imager la souffrance incommensurable qu'endure un dépressif.

Permettez-moi un pas de côté d'ami-auteur en prenant de la hauteur.

Si vous pensez côtoyer un caractère dépressif dans votre entourage, quelques règles d'or à appliquer si vous êtes profondément attachés à cette personne.

Ne l'accablez pas dans son "non-être" en lui demandant de secouer sa carcasse vide, en lui intimant de déplacer sa parfaite inertie.

Le corps d'un dépressif pèse plusieurs tonnes et se mouvoir de son lit jusqu'à la salle de bain reste pour lui un exploit extraordinaire, un Everest insurmontable.
Vous le culpabiliserez encore plus dans sa "larvitude" et l'enfoncerez encore plus bas dans ses abysses si profonds.
Laissez votre téléphone allumé 24 heures sur 24.
Appelez-le car sa honte gluante l'empêchera invariablement de se manifester.
Equipez-vous de votre sonar sensoriel le plus aigu.
Ecoutez attentivement le bruit de ses silences, le chant de ses larmes avec empathie et persévérance.
Vous contribuerez peut-être à sauver une vie.
Vous garderez peut-être à vos côtés un frère, une mère, un fils, un ami.

Si le professeur Galanowski était avant tout un psychiatre chimiothérapeute émérite, il était également un excellent psychothérapeute.
Ainsi, lors d'une séance plus longue que les autres - je dirais de près d'une heure trente - il me fit un bilan général strictement psychothérapeutique cette fois-ci en me présentant le morphotype auquel j'appartenais.
Il me diagnostiqua faisant partie de la famille des hypersensibles.
J'étais, selon lui, né avec des capteurs de vie surdimensionnés, des antennes avec des ondes à longues portées.
Mon cerveau percevait tous types d'émotions au centuple.
Dans le bon, comme dans le mauvais.
Cette hypersensibilité n'était pas contrôlable et était dépourvue de station de filtrage.

Comme m'émouvoir à l'excès devant la floraison d'un rhododendron au mois de mai.

Tout comme endurer avec férocité les gifles d'une mère de famille sur son enfant dans la rue sans raison apparente.

Le professeur m'expliqua que l'hypersensibilité était d'ordre biologique et en aucun cas pathologique.

Elle ne pouvait être soignée puisque ce n'était pas une maladie.

Il fallait apprendre à vivre avec.

Elle ne concernerait qu'une minorité de la population, les études naissantes à l'Institut du cerveau évaluaient ce taux à environ 10%.

Les 90% restants étant équipés de capteurs basiques de sensibilité, échappant au côté sinusoïdal des hypersensibles.

Le professeur conclut la fin de séance par cette synthèse éclairante :

« Vous ne devez pas appréhender votre hypersensibilité comme un handicap mais comme une force.

Vous recueillez le beau et le mal comme peu de gens sont capables de le faire.

Il faut apprendre à apprivoiser, à dompter cette faculté rare en trouvant votre point d'équilibre.

A défaut de savoir encore ce qui vous fait du bien, éloignez-vous impérativement de ce qui vous fait du mal.

Rapprochez-vous de vos congénères hypersensibles, votre intuition vous permettra de les détecter en toute circonstance.

Fuyez les autres, ils ne pourront que renforcer votre mal-être et augmenter votre perception de marginalisation.

Car, oui, vous devez assumer d'être marginal, d'autant plus dans cette société qui promeut chaque jour un peu plus la standardisation des individus.

En résumé, interrogez-vous longuement sur ce qui pourrait vous apporter effectivement le bien. »

Cette analyse pleine de lucidité allait m'aider à vivre du mieux possible le temps qui reste.

Je tiens à louer ici solennellement le professeur Galanowski qui aura su me faire revenir des enfers, en me tendant sa première main chimiothérapeutique et sa seconde main psychothérapeutique, qui furent miraculeuses.

Je continuerai à le consulter une fois par mois pour avoir un suivi post-traumatique.

Le traitement médicamenteux allait être très allégé puisque je n'aurais plus à prendre qu'un anxiolytique - du Lysanxia 10 mg - en cas de crise de panique inopinée.

Fort des constats et recommandations précieuses que m'avait fournies le professeur Galanowski, je décidai de me poser à la campagne pour une phase d'introspection afin de percevoir précisément ce qui me faisait du mal et surtout ce qui me ferait du bien. Maman Louve Alpha fut aux anges d'avoir son fiston à ses côtés et je fus couvert de rognons de veau, d'osso bucco et autres lapins à la moutarde amoureusement cuisinés par ses soins.

J'entrepris de lire *Sur les chemins noirs* de Sylvain Tesson que Laurence m'avait offert lors de sa visite à Henri Mondor.

Ce livre témoigne d'un processus de rédemption et de réconciliation entre le corps et l'esprit de l'écrivain.

Je vous parle là de ce que j'en perçus à titre personnel.

Après un grave accident, une chute d'un immeuble de plus de huit mètres et une longue rééducation qui allait laisser son corps et son visage en miettes, Sylvain Tesson entreprit de traverser la France à pied en dehors des sentiers battus.

Son chemin initiatique s'étendrait du Sud-Est de la France, en partant du parc du Mercantour, pour terminer dans le Cotentin au pied du Nez de Jobourg.

Ce livre agit en moi comme un véritable déclic.

Rattrapé par la force tellurique qui m'habitait depuis la naissance, je décidai alors de partir sur mes propres chemins noirs.

J'aimerais témoigner ici toute mon admiration pour Sylvain Tesson, pour son amour non quantifiable pour la nature, pour la finesse de son style et pour sa résilience de cobalt.

Pour ma part, mes chemins noirs passeraient par les forêts, je n'aurais ni l'ambition, ni le courage de crapahuter les 1300 km parcourus par l'écrivain.

Je préparai soigneusement un plan de route pour m'engager dans cette expédition en forme de palingénésie.

Je partirai le 15 juillet 2022.

Comme Sylvain Tesson, je m'équiperai d'un calepin lors de mes randonnées pour graver dans l'écriture ce qui me faisait du mal et ce qui me ferait du bien.

Je m'immergeai alors dans un monde verdoyant, sans balafres humaines, me nourrissant ad libitum de cette ataraxie cristalline.

De l'ombrage frais des feuillus.

De la magie d'une biche figée en lisière de forêt.

Du concert philharmonique des pouillots véloces, fauvettes et autres mésanges huppées zinzinulant à tout-va, magnifié avec maestria par le plus grand chef d'orchestre à plumes : le merle noir, le Karajan des vertes étendues.

Du franc parfum de l'humus, de la bruyère qui embaume les naseaux et les purge de toute souillure urbaine.

Forêt d'Ecouves. Forêt de Perseigne. Forêt de Bercé. Forêt de Paimpont. Forêt du Tronçais. Forêt d'Eawy. Forêt d'Iraty.

Toutes ces forêts qui m'auront protégé de leurs bienveillantes canopées.

Toutes ces amantes mystiques dont j'aurai caressé chacune des courbes divines avec une béatitude infinie.

Je les ai tant aimées.

Conjuguée à la compétence du professeur Galanowski, la sylvothérapie avait pleinement contribué à me ramener à la vie.

Après un mois et demi de périple de plus de 400 km en solitaire enchanté, je rentrai dans le monde réel début septembre.

Mais qu'était-il ressorti de cette longue introspection ?

Au regard des dizaines de calepins et de l'encre de vie qui les avait enjolivés sur les centaines de kilomètres soyeux que j'avais empruntés, j'avais obtenu une matière brute qu'il convenait maintenant de sculpter.

Commençons par isoler tout ce qui me faisait du mal.
J'avais acté que le métier du commerce ne serait irrémissiblement plus fait pour moi.
Ma contribution sociétale, à part vous faire acheter plus de bagnoles, plus de perceuses, avait été inexistante.
Je n'avais exercé que des métiers non-essentiels aux salaires licencieux, inversement proportionnels à leur apport humain à la société.
Un proverbe chinois, ou péruvien, je ne sais plus, dit :
« *Il ne faut pas mordre la main qui vous a nourri* »
Je lui avais fait le baise-main à genoux pendant près de trente ans à cette princesse capricieuse du grand capital.
Le temps était venu de trancher cette main d'artifices d'un coup sec.
Plus question de supporter ce collier étrangleur, je ne donnerai plus jamais la patte.

Je devais fuir cette France que j'avais fini par trouver nauséeuse.
Je devais fuir cette France faite de bruits et de führers.

Cette France des choses dont personne n'a besoin et qui ne demandent qu'à être achetées.
Cette France aux stalagmites de béton, vomissant leur laideur grisâtre sur ces villes éreintées aux horizons délaissés.

Cette France des zones commerciales, ces verrues endémiques aux vitrines dévorantes, aussi lisses et transparentes que leurs courtisans avides.
La France de Rosny 2. La France du streaming. La France des codes promos. La France des Like.
Cette France au "numérisme" exacerbé, qui délocalise industriellement sa pensée dans ces petits rectangles de lithium.
Cette France égotique vivant principalement via le prisme de son propre miroir.
Avec pour aspiration centrale de réfléchir orgueilleusement son vernis lustré et insipide.
Cette France binaire où le nuancier chatoyant de l'être humain, devient inexorablement évanescent.
Bénie soit la chance d'avoir grandi dans une France analogique, au pantone illimité.
Où chaque être humain pouvait encore bénéficier de ce luxe inestimable :
Celui de posséder sa propre fréquence, sa propre couleur, unique et indivisible.

J'allais m'appliquer dès lors le concept de "misanthropie positive".
A savoir m'éloigner au maximum du peuple "matériophile" et "hyposensible".
Ne consacrant plus mon temps d'écoute et de parole qu'aux 10% d'hypersensibles.
Sur huit milliards d'habitants sur Terre, cela me laissait un terrain de jeu étendu avec 800 millions d'individus.
Je tiens à vous rassurer, je serai forcément amené à croiser nombre d'entre vous, faisant partie à 100% de ces 10%, je n'en ai aucun doute.

Pour ce qui était des choses qui me feraient du bien, mon cheminement allait me faire prendre des décisions majeures.

Tout d'abord, l'idée galopante d'une reconversion professionnelle.

Après une longue réflexion, j'entrepris de m'inscrire au concours du professeur des écoles - je préférais le terme d'instituteur - pour passer les examens en avril 2023 et exercer dès la rentrée scolaire 2023 de la petite section au CM2.

Il me restait quinze ans à travailler avant la retraite.

Oui, l'âge de départ la retraite s'était allongé jusqu'à 64 ans, notre cher président, Monsieur Cramon, ayant passé cette réforme au pied-de-biche à coups d'article "Carotte 9-3" dans nos dents.

Certes, je m'étais fait carotte dans le 9-3 à la cité des Francs-Moisins, mais c'était il y a près de trente ans et je l'avais bien cherché cette fois-là.

Quinze ans où je voudrai passer à rééquilibrer ma contribution sociétale.

Quoi de plus gratifiant que de transmettre à nos futurs héritiers, de retrouver le cristal enfantin, le temps de l'innocence où l'on vous demande pourquoi l'herbe est verte ou pourquoi le ciel est bleu.

L'envie, comme dans une boucle quantique, de retourner dans les limbes du plus beau cycle de ma vie.

Avec la volonté de quitter le marécage saumâtre de la ville, étant devenu un "urbanophobe" convaincu.

Je décidai de m'inscrire dans l'académie de Normandie pour passer le concours.

J'allais vendre mon appartement de Vincennes pour venir vivre avec ma mère à Varengeville.

Quelques Lacaniens pédants y verront ici un drôle de « réflexe placentaire », régressif à l'aube de la cinquantaine.

Je les mettrai dans le même dépotoir psychologique que les Freudiens sectaires.

Pour ma part, j'y voyais l'aubaine de me créer un nouveau doux ressac en profitant chaque jour de ma mère, ce que je n'avais pas pu faire avec mon père.

Pour revenir brièvement à des notes matérielles, je vendis mon bel appartement de Vincennes, denrée proche de l'introuvable et très recherchée, avec une substantielle plus-value.

Si l'on indexe le montant de son achat il y a six ans sur l'inflation du coût des matières premières et du prix du marbre : je pris un putain de paquet d'oseille.

Je disposais non plus d'un bas de laine, mais d'un collant de laine, aussi épaisse que trois ou quatre moutons du Shetland.

Et ma Giova, me direz-vous, dans tout ça ?

Je garderai un pied-à-terre non loin de chez Joséphine en louant un F2 croquignolet à Fontenay-sous-Bois, tout proche du bois de Vincennes.

Je viendrai voir ma Giova un à deux week-ends par mois.

Une bonne fréquence, car il faut le dire, le ton quelque peu nostalgique, ma Giova avait bien grandi et filait vers ses seize ans.

C'était le temps des copines, des sœurs d'armes, j'espère.

Des premiers amoureux peut-être, même si je n'en avais pas encore eu vent et pour être honnête, cela m'arrangeait très bien ainsi.

Mais revenons à mon concours, je m'inscrivis dans un organisme de formation dédiée avec tout l'accompagnement suffisant pour me préparer aux examens dans les meilleures dispositions.

Le tout, 100% en distanciel, justifié par des vieux restes de pangolin et du "numérisme" croissant de notre société.

Je m'astreignais à une discipline militaire pour réviser l'ensemble du programme sur la plate-forme internet, qui était très intuitive, admettons-le.

Laissez-moi ici vous résumer brièvement les modalités de ce concours :

Nous étions sur un examen avec un classement des admis en fonction de leurs notes obtenues.

Le premier de ce concours ou major de la promotion aurait le choix du roi pour son affectation puisque tous les postes vacants de l'académie de Normandie lui seraient proposés en premier.

Quant au dernier reçu, il n'aurait plus comme choix que l'école primaire Ousmane-Dembélé de la cité de la Madeleine à Evreux.

Veuillez m'excuser pour cette saillie ségrégationniste gratuite, mon cher lectorat ébroïcien, s'il en est.

L'objectif était clair pour le grand-blanc : terminer major de sa promotion.

Je révisais studieusement avec des horaires de fonctionnaire sous amphétamines, à savoir : 8h-12h30, pause rognons avec Maman, puis 14h-18h00.

Je passais mes week-ends à entretenir le jardin et son nectar – pardon, son hectare - en bon et digne héritier.

Tailler les lauriers, élaguer les tilleuls, tondre la pelouse...

Diantre, tout sauf une sinécure !

Au-delà de l'entretien vigoureux de ma forme cardio-musculaire, je respirais un des oxygènes des plus délicats : celui des herbes fraîchement coupées.
Un hasard prévu allait me guider vers un nouveau doux ressac.
J'avais ramené toute ma clinquante garde-robe de Vincennes à la campagne.
Mes tenues poussiéreuses de soldat du grand capital n'avaient plus aucune raison d'être dans cette nouvelle vie.
Je ne pourrai et ne voudrai plus porter de vêtements de marque.
Fini de faire l'homme-sandwich pour des marques aux marges grasses comme des loukoums.
Je m'habillerai à l'avenir chez "Kiabo", enseigne de vêtements bon marché où je pus me refaire un dressing entier pour une centaine d'euros.
J'y trouvai une belle chemise col Mao, je vous dirais que c'est une Alain Figaret, vous n'y verriez que du feu.
Bon, je vous concède que celle-ci n'était pas faite de coton d'Egypte triple fil, soit.
Je ne reniais pas ma nature, loin de là.
Un proverbe coréen ou libanais, je ne sais plus, dit :
« *Il est plus facile de déplacer un fleuve que de changer sa nature* ».
Je pensais alors au serpent, animal qui faisait périodiquement sa mue pour changer de peau.
Je m'inscrirai exceptionnellement dans l'ordre des ophidiens pour cette exuvie indispensable.
Fini l'ostentatoire, place au sain jubilatoire.

Suite logique et cohérente de mon cheminement issue des bienveillantes canopées.

Mais qu'allais-je faire de tout ce prestige matériel et inutile désormais ?

Je décidai de charger mon fringant barda dans ma Clio, vous êtes surpris ?

Oui, j'avais troqué mon bolide de Stuttgart pour une vieille bagnole française.

Peu importe la question de fiabilité puisqu'il n'y aurait plus jamais de tunnel de Nogent.

Je me rendis au centre Emmaüs de Dieppe pour faire don de tous mes apparats.

La femme, gérante du centre, me recevant à l'accueil fut quelque peu décontenancée face à la qualité de mon arrivage.

Fini les haillons !

Tous les clodos allaient pouvoir parader dans Dieppe en Smalto, Zegna, Armani et autres Brioni !

Ceux qui n'étaient pas *nés sous la même étoile* - dédicace au groupe de rap IAM - que moi, auraient droit à un peu d'allure dans leur vie.

Je sympathisai avec la gérante, une Normande avec une bonhomie me rappelant celle de Mémé Mauricette, en lui faisant connaître ma situation, mon cheminement, ma mutation, ce besoin de me sentir utile aux autres.

Elle me parla alors de leur association Emmaüs Connect qui avait pour but d'aider et d'initier les personnes démunies face au monde du numérique.

Ces gens concernés par l'illectronisme, néologisme récemment créé pour illustrer cette "déficience".

Ils étaient en manque de personnel pour assurer ce service et recherchaient activement des bénévoles.

Mon expérience professionnelle correspondait à leur besoin avec ce sang digital qui coulait encore dans mes veines.

Je remplis le formulaire d'inscription et passai un bref entretien avec Juliette, le prénom de la gérante, pour tester mes compétences numériques.

Je commencerai dès la semaine suivante.

Nous étions sur des sessions de deux heures par semaine le vendredi en fin d'après-midi.

Il y avait deux bénévoles qui assuraient ce service.

Thierry, la quarantaine, qui travaillait comme agent municipal à la mairie de Dieppe et Océane, qui était pépiniériste à Offranville, situé à moins de dix kilomètres de Varengeville.

Ils m'accueillirent avec un grand sourire, content d'avoir un nouveau soutien.

Le grand sourire des gens de bien.

Nous avions plusieurs ordinateurs et smartphones comme support de formation pour nos hôtes.

Il existait une mixité importante chez ces personnes voulant s'initier aux nouvelles technologies.

Une dominante de seniors, des grand-mères curieuses, des mères esseulées avec leurs enfants, des gens venant de tous horizons.

Ils étaient désireux qu'on leur apprenne à savoir faire un virement par internet, à consulter leurs remboursements de la Sécurité sociale sur l'application Ameli.

Tant de gestes simples et automatisés pour la majorité d'entre nous, mais qui s'avéraient être une vaste nébuleuse pour ces personnes.

Gisèle, une mamie de 81 ans me remercia après lui avoir montré comment télécharger l'application de sa mutuelle en me gratifiant d'un tonifiant :
« Mille mercis, mon beau garçon ! »
Une femme d'origine indienne, répondant au doux prénom de Karishma, me sollicita pour remplir ses formulaires de la CAF sur internet.
La semaine suivante, elle revint pour me remercier avec un poulet biryani en offrande.
Comme dans une boucle quantique, je ne pouvais m'empêcher de repenser aux délicieux mafés de Rokhya.
Je revenais de ces séances avec une kyrielle de shoots de dopamine.
Satisfaire ma nouvelle peau en rendant service à des gens qui en avaient besoin.
Voilà ce qui me faisait un bien fou.
Une dopamine naturelle sans colorants, ni conservateurs, comme je n'en n'avais plus connu depuis longtemps.
Je prenais rendez-vous chaque vendredi après-midi pour mon shoot de dopamine avec une attente non dissimulée.
Parallèlement, dans le cadre de mon inscription au concours à l'académie, une attestation PSC1 - préférons attestation premier secours plutôt que cet énième acronyme administratif - était requise.
Cette formation se passait sur une journée et je devais m'inscrire à l'antenne de la Protection civile de Dieppe.
J'appris à pratiquer une PLS, position latérale de sécurité, - mais bon sang, c'est quoi cette satanée manie des acronymes ! - sur un blessé, enfin, un mannequin en plastique.

J'appris à me servir d'un défibrillateur, à savoir qu'en plus d'être actuellement en train de sauver ma vie, j'étais maintenant capable d'en sauver une autre.

Le formateur, Loïc, un Breton d'origine étant passé à l'ennemi normand, était doté d'un humour potache.

Nous bavardâmes à la fin de la session de son métier, du mien, que je n'avais plus.

Il m'informa qu'ils étaient à la recherche de bénévoles pour faire des maraudes la nuit auprès des clochards, préférez sans domicile stable à sans domicile fixe, comme a récemment été rhabillée la terminologie par le gouvernement.

SDS et non plus SDF.

Acronymement vôtre.

Nous étions fin octobre et l'aquilon normand allait bientôt marteler les os fragiles des âmes errantes.

Pour prétendre à cette mission de bénévolat, vous deviez vous engager à disposer de deux soirées par mois de 20h à minuit.

Loïc serait mon tuteur lors de ma première maraude , étrange terme tout de même, synonyme de larcin où l'on vient tout sauf voler mais au contraire offrir.

Le principe de ces maraudes était de tourner en voiture dans Dieppe pour aller au-devant de ces personnes désargentées pour leur apporter denrées alimentaires, vêtements, mais par-dessus tout, lien social et chaleur humaine.

Ecouter les détresses qui arrivaient parfois à se délier autour d'un café brûlant.

Qu'il était loin Le Murat.

Qu'il était loin le bleu de Klein.

Qu'elle était loin la paille de 50 euros dans le nez.

Comme pour avec Emmaüs Connect, je pris ma mission avec entrain.

Lors d'une maraude fin novembre, nous nous arrêtâmes non loin du port de Dieppe pour venir en aide à un homme aviné, qui était adossé à un transformateur électrique.

Et lorsque je lui tendis son café bouillant, mon scanner de T-800 repéra qu'il était vêtu d'un col roulé havane.

Pas besoin de regarder l'étiquette, rien qu'au toucher de ce pull, je savais que cet homme avait hérité d'une de mes fastueuses parures Eric Bompard.

Ce soir-là, je rentrai à la maison avec un nouveau shoot de dopamine.

Mais par n'importe lequel.

J'allais jeter ma dernière boîte de Lysanxia au fin fond de la plus fière des poubelles de ma vie.

Celle qui symboliserait la fin de mes déambulateurs chimiques.

Celle qui symboliserait le retour du grand-blanc tourbillonnant à nouveau dans les mers chaudes.

Je continuais mon cheminement vers le bien, porté par ces doux ressacs.

Mon frère d'armes, Giannis, venait souvent me rendre visite, le pays de Bray n'étant qu'à une grosse heure en voiture de Varengeville.

Nous nous laissions aller à nos furieuses bacchanales sur lit de grands crus tanniques et charpentés.

Giannis avait réussi dans sa nouvelle entreprise de gîtes avec l'appui de son aimante Nathalie.

Après avoir quitté son usine Plastex, non sans avoir pris le soin en partant de braquer sa direction en leur prenant un chèque rondouillard, il put s'investir à fond dans son nouveau challenge.

Et après des débuts cahoteux et non chaotiques, son rêve ambitieux avait fini par décoller en flèche.

Nathalie, cousine de ma Joséphine pour le bon goût intérieur, avait su ordonnancer les trois gîtes indépendants avec élégance, *Côté Ouest* pour le coup. La proximité de leur domaine au village de Gerberoy, l'un des plus beaux villages de France, n'était pas étrangère à leur succès.

Couples d'amoureux parisiens transis, touristes anglais qui « *adorent beaucoup "le" France* », motards en Triumph déambulant au gré des nombreux vallons environnants.

Une clientèle en forme de patchwork original qui avait permis à Giannis de devenir ce dont il avait rêvé : un baron de rentier.

Février 2023.

Je m'étais amarré à ma paisible routine.
Autant les routines finissent généralement par oxyder,
autant celle-ci avait quelque chose de réconfortant.
Le concours arrivait à grands pas.
Mes révisions avançaient avec sérieux et rigueur.
J'avais d'ailleurs fait le choix d'aller m'isoler à la
bibliothèque de Dieppe, un jour sur deux, pour une
concentration optimale.
Même planning qu'à la maison, la pause-rognons du
midi en moins.
Le grand-blanc avait retrouvé tout son appétit et
engloutissait chaque module de révision avec une
décontraction insolente.
Le jardin était digne d'un jardin à l'anglaise, avec des
tilleuls bien épurés, des lauriers bien concentrés sur
leur droiture.
En six mois, j'avais presque élaboré une nature
homothétique au sein de cet hectare sacrément fourni.

Le plus grand des grands-blancs aurait été fier de son
fils.

Au regard de l'engagement physique que cela m'avait
demandé, j'avais perdu pas mal de poids, disons un pot
de Nutella, mais le plus gros cette fois-ci, le format
d'un kilo.
Bon, les tablettes de Lindt étaient, elles, décédées
depuis longtemps.

Les shoots de dopamine chez Emmaüs Connect solidifiaient chaque semaine un peu plus ma structure mentale.

Au fil des séances, j'avais pris à faire mieux connaissance avec Thierry et Océane.

Thierry était un sacré loustic, qui déroulait une vie heureuse avec sa femme et ses deux garçons de onze et quatorze ans.

Ils habitaient dans un beau pavillon à Martin-Eglise, situé non loin de Dieppe.

Quant à Océane, elle était divorcée, mère d'une fille de dix-huit ans et avait récemment acheté une maison à Auffay, non loin de la pépinière d'Offranville où elle travaillait.

Océane était quelqu'un de farouche, comme une biche figée en lisière de forêt.

Elle avait sa chevelure attachée et portait des lunettes à gros foyer.

Elle devait être atteinte d'une myopie prononcée manifestement.

Il émanait une beauté cachée sur le visage d'Océane. Comme pour mieux faire fuir de vils prétendants en quête d'entreprendre son cœur.

Un bruit sourd et lointain venait de réveiller doucement mon cœur somnolent.

Ce cœur qui pansait encore ses plaies infectieuses.

Le grand-blanc anxieux mais décidé, pris ses deux jambes à son coup cette fois-ci - oui, ma jambe droite avait gagné sa partie de Mikado - et demanda à Océane si elle accepterait d'aller boire un verre un vendredi soir après l'une de nos sessions.

Elle m'éconduit de façon courtoise et gênée, sans croiser mon regard une seule fois.

Je reviendrai assurément à la charge car Océane m'avait incontestablement séduit par la dévotion dont elle recouvrait les dynamiques mamies de Dieppe.

Me vint alors une idée subtile pour arriver à la convaincre.

Je passerai la voir à la pépinière, ce qui se justifierait facilement dans le but d'ennoblir un peu plus notre parc floral.

L'occasion faisait le larron, puisque c'était l'anniversaire de ma mère dans quelques jours et j'allais lui acheter une plante comme pour chacun de ses anniversaires.

Rien ne lui faisait plus plaisir comme cadeau, car ma Maman Louve était, elle aussi, habitée par la force tellurique.

Je partirai sur un camélia, cette année.

Nous étions au meilleur stade de plantation au mois de février pour cet arbuste qui devait éviter les fortes gelées et les grosses chaleurs.

Elle devrait admirer sa floraison jusqu'aux Saints de glace, soit jusqu'à la mi-mai.

Je me rendis à la pépinière d'Offranville un samedi matin .

En grand-blanc méthodique, j'avais pris le soin de vérifier lors de l'une de nos sessions avec Océane la veille qu'elle travaillerait ce samedi.

Océane fut assez saisie par ma venue, mais je pus discerner comme une évidence sur son visage.

Je la découvris sous des atours différents avec un bonnet rouge, des bottes kaki et une doudoune sans manche, tout sauf une de marque Colmar, de celles qui parent fadement les réplicants méprisants de l'ouest parisien.

Elle me conseilla au mieux dans mon achat avec la plus belle pièce de la pépinière : un camélia du Japon, couleur fuchsia.

Au moment de régler mon présent pour ma Louve Alpha, coincé entre hésitation et excitation, le grand-blanc craintif mais conquérant lui réitéra son vœu coriace de prendre un verre.

Ma tension artérielle se mit à grimper redoutablement avant qu'elle n'accepte cette fois-ci.

Nous prîmes date la semaine suivante pour un apéro, fini les *drinks* surfaits de pubards.

Pas de Lutetia.

Pas de pique-nique.

Je décidai de l'emmener à la brasserie nommée Tout Va Bien à Dieppe, si, si, elle existe vraiment.

Brasserie que je vous déconseille si vous passez par-là, avec ces quiches congelées et autres brownies en ciment.

Mais j'avais choisi cet endroit pour son nom hautement représentatif.

Tout va bien, tout va merveilleusement bien même.

Ce serait un diabolo grenadine pour Océane, qui ne buvait pas une goutte d'alcool.

Solidaire de sa sobriété, j'optai pour un Perrier rondelle.

Océane restait conforme à sa réserve, s'essayant à fuir mon regard.

Des rivières de balbutiements timides en guise de prélude.

Pour laisser place à des affluents de fluidité douillette.

Nous échangeâmes sur l'association et sur ses figures hautes en couleur

- Aaah, sacrée Gisèle ! -

Elle me brossa avec engouement son amour pour la nature depuis l'enfance.

Océane avait grandi dans la région.

Elle avait passé un bac pro en horticulture au lycée Saint-Joseph de Mesnières-en-Bray.

Mais je n'en saurai pas plus sur elle ce soir-là, Océane m'indiqua devoir rentrer car elle se levait tôt pour faire l'ouverture de la pépinière le lendemain.

De retour à la maison, je m'emmitouflai dans une couette garnie de plumes de dopamine.

Après le carnage atroce d'Alimata sur les champs éventrés de mon cœur, j'arrivais à ne plus vivre dans la crainte de voir les couples s'enlacer.

Nous nous revîmes à plusieurs reprises dans des cafés en bord de mer les semaines qui suivirent.

Son regard devenait de moins en moins fuyant et je la sentais de plus en plus à l'aise à barboter dans mes yeux couleur Caraïbes.

Une lente connivence s'installait entre nous.

De ces amours qui poussent entre deux cœurs en douce.

Pour notre rencontre suivante, nous épouserons, cette fois-ci, une randonnée entre terre et mer.

Nous partirions de la gorge du Petit-Ailly, avec les impressions de Claude Monet en filigrane, pour remonter par la valleuse de Vasterival, soit dix kilomètres de marche.

Il faut croire que l'air marin ouvre les chakras, puisqu'Océane se livra plus intérieurement sur sa vie personnelle.

Elle vécut près de douze ans avec un homme, le père de son enfant, couvreur dans la région.

Un homme assez rustre, soyons clairs : une ordure de sale type.

Le regard plongé dans ses chaussures - ce qui, ma foi, était pratique lors d'une randonnée - elle m'avoua de sa voix fluette, avoir enduré les coups répétés de ce barbare pendant des années, inondé dans son alcoolisme destructeur.

Elle trouva le courage et la force de mettre fin à ce déferlement de haine six ans auparavant en quittant son bourreau pour habiter seule avec sa fille dans son pavillon d'Auffay.

Je cernai mieux sa frilosité et sa méfiance vis-à-vis du genre masculin.

Ce lourd aveu ne crispa pas la parole d'Océane.

Je pus au contraire déceler un adoucissement sur son visage.

Notre randonnée touchait à sa fin, nous remontâmes le bois de Vasterival, un halo de soleil dardait la complaisante canopée et son toit de grands feuillus.

Au bout d'un sentier teinté d'ombre et de clarté, j'effleurai timidement la main d'Océane.

Je lui ôtai délicatement ses lunettes et son bonnet.

Cette description saura vous rappeler cette scène d'une sensibilité folle où Rocky Balboa, interprété par Sylvester Stallone, dévoila pour la première fois son Adrian, alias Talia Shire, dans le premier film de la saga des *Rocky*.

Je lui dégrafai ensuite ce carcan de chignon qui cachait sa si belle crinière brune, prisonnière de la peur et du martyr.

Je fus irradié par sa lumière trop longtemps enfouie dans la pénombre.

Mes bras protecteurs enveloppèrent tout son être et je lui déposai un baiser furtif sur le front.

Elle oscilla ensuite sa tête vers le haut et entraîna ses lèvres apeurées vers les miennes.

Point de foudre ici, mais le doux ressac d'un baiser follement tellurique.

Nous retrouvâmes nos domiciles, non sans une longue étreinte inflammable avant de se quitter.

J'avais eu la chance inouïe de connaître la pupille solaire avec ma Joséphine, une pupille venant du ciel.

La vie venait de m'en offrir une deuxième.

Celle de connaître la pupille tellurique de mon Océane, une pupille venant de la terre.

Nous continuâmes à flirter tels des adolescents insouciants dès la semaine suivante en allant randonner dans la prodigieuse forêt d'Eawy, une des plus vastes hêtraies d'Europe, située à une quarantaine kilomètres au sud de Dieppe.

La forêt d'Eawy :

Une de mes amantes agrestes dont j'avais caressé les courbes divines quelques mois en arrière et qui avait contribué à me sauver la vie.

Nous sillonnâmes avec candeur les sentiers de nos résurrections amoureuses.

Océane s'accrochait fort à mon bras, comme aucune autre femme auparavant.

Nous nous quittâmes à nouveau le cœur emballé d'une agréable tachycardie.

Nos corps n'étaient pas encore entrés en fusion et cela me remplissait d'une excitation folle et patiente à la fois.

« *Le meilleur moment de l'amour, c'est quand on monte l'escalier* » comme l'écrivit Le Tigre, Georges Clémenceau.
Je détenais une armure de dopamine en titane.

Nous étions début avril et j'allais devoir passer, dans quelques jours, mes premiers examens écrits pour le concours d'instituteur, restons sur cette terminologie.
Les examens se dérouleraient sur deux jours à Caen.
Avec toute la modestie qui est la mienne, le grand-blanc s'avançait toutes mâchoires dehors pour engloutir ce banc d'épreuves aux saveurs de krill.
Narcisse Walter ressortit de ces écrits avec le sentiment du travail bien fait.
Un mois plus tard, les résultats tombèrent : 17,2 sur 20 de moyenne pour les écrits.
Mais pourquoi être modeste quand on peut être sûr de soi ?
J'étais admissible pour les oraux, qui se dérouleraient mi-mai, pour valider mon obtention finale du concours.
Mon aimant cardiaque m'attira inlassablement vers mon Océane aux mers chaudes.
Je vins la chercher à la fin de sa journée à la pépinière un samedi.
Je vis sa pupille tellurique se parer d'un marron satiné.
Mon romantisme fossilisé n'avait pu s'empêcher de réserver une table au Bas Fort Blanc, situé sur le front de mer à Dieppe.
Restaurant réputé pour leurs incontournables noisettes d'agneau aux morilles.
Fini de donner dans le tape-à-l'œil.

Qu'il était loin L'Arpège et ses dix-sept plats.
Qu'elle était proche la plénitude, qu'on pouvait
presque la toucher.

Nous marchâmes le long de la jetée avec Océane pour
une balade digestive.
Océane s'agrippait encore plus fort à mon bras,
comme elle s'agripperait à une corniche, suspendue à
sa vie.
Et ce fut à son tour de me décontenancer assez
franchement lorsque le velouté de sa voix m'achemina
à prendre un verre chez elle.
Une infusion verveine-camomille, abstème qu'elle
était.
Par un hasard prévu, sa fille était partie dormir chez une
copine.
Près de trois mois après avoir commencé à flirter, nous
allions nous retrouver dans un lit de maladresse et de
timidité.
Point question ici de bestialité viking intempérante.
Nous allions soigner, suturer les plaies de nos passés
amoureux au cours d'une nuit d'une tendresse et d'une
vénusté intangible.
Nul besoin de rouvrir ici *Histoire d'O*.
Vous n'y trouverez aucune description de ce que nous
avons vécu cette nuit-là.
Je m'avançai discrètement vers Océane au réveil en lui
déposant mes baisers bouillants, nappés de
chocolatines souriantes et de fées caféinées.
Quand en vue de mes oraux à venir, elle se fendit d'un
simple et surpuissant:
« Gagne ! »

Le grand-blanc venait de se noyer d'amour en plein cœur de son Océane aux mers chaudes.

Mi-mai, nouveau rendez-vous à Caen pour passer les oraux devant un jury composé de professeurs des écoles.
Je ne pus m'empêcher de repenser à mon dernier passage devant un jury, celui très intransigeant de "Blake & Deckar".
J'avais mis les bouchées doubles depuis les écrits pour concrétiser cette quête avec succès.
Les nageoires dorsales, pectorales et caudales du grand-blanc fonctionnèrent à plein régime pendant ces épreuves orales.
Je nourrissais bonne confiance pour obtenir ce titre de major de ma promotion.
Je devrai patienter jusqu'à mi-juin pour le verdict final.
Je serai tenu au courant des résultats par mail, "numérisme" ancré oblige.
Je regrettais le temps béni où j'avais dû aller consulter les résultats de mon baccalauréat sur des feuilles de papiers simplement accrochées par des punaises à l'entrée du lycée.

16 juin 2023

Je reçus ce mail de l'académie de Normandie.
Résultat : 17,8 de moyenne générale.
Mais je vis en face de ma note, la position de...
deuxième.
Le premier avait terminé avec...17,9 de moyenne !
J'avais fini "dauphin" de ma promotion.
Quelle ironie du sort pour un requin !
Bon, en même temps, c'est sympa un dauphin, j'aimais
bien les dauphins, si l'on met de côté leur façon
cacophonique de converser entre eux.
Si mon orgueil fut égratigné, j'étais tout de même très
fier de moi.
Je serai le deuxième à pouvoir choisir mon affectation
mais je devrai encore patienter jusqu'au 30 juin pour
connaître le nombre de postes ouverts par l'académie.
L'heure était à la fête, digne d'un banquet gaulois.
Nous nous retrouvâmes tous à la campagne pour fêter
cette victoire avec ferveur.
Ma mère, si fière de son garçon, ma fille si heureuse
pour son Papa, Giannis, si peu surpris de son frère
d'armes.
Et ma belle Océane.
Cet événement festif fut l'occasion pour faire les
présentations officielles de mon nouvel oxygène à mon
sang.
Océane et son côté sauvage, commença par regarder à
nouveau ses pieds au tout début de la rencontre.
Elle fut vite mise à l'aise par la gentillesse de tous les
miens.

Par un hasard prévu, nous pûmes même déjeuner dehors, la pluie normande fit preuve d'un répit alternatif pour laisser entrevoir un soleil séant.

Ma mère nous gâta d'un dantesque gigot de sept heures accompagné de ses croquants et moelleux haricots de Soissons.

Giannis avait ramené dans sa besace un incroyable Château Gloria 2009 pour fêter l'événement.

Pas de grossièreté malvenue ici, je vous tairai le prix de cette bouteille, mais on ne devait pas être loin du coût d'un orteil de pygmée.

Je ne pris qu'un seul verre de ce Saint-Julien à la saveur d'ambroisie.

J'avais drastiquement restreint ma consommation d'alcool depuis mon arrivée à la campagne et encore plus depuis ma rencontre avec Océane.

Cela faisait partie du cheminement né il y a un an dans le paradis des canopées.

A noter que mes taux de gamma GT et de triglycérides durent m'en être sincèrement reconnaissants.

A la fin du repas, nous allâmes prendre notre café avec Océane sur le banc en bois au bord de la mare du jardin entourée de roseaux et de campanules.

Elle agrippa fort mon bras et me chuchota à l'oreille :

« Je suis fier de toi, Mon Homme. Je t'aime. »

Le temps suspendit son vol.

Lamartine avait raison.

Encore une fois, pas plus de mots ici pour vous décrire l'indescriptible.

La première fois de ma vie qu'une femme m'appelait « Mon Homme ».

J'avais eu le droit à des « Mon Chéri, Mon Cœur, Mon Prince, Mon Amour » mais pas à la puissance d'un « Mon Homme ».
Et si j'étais en train de vivre le plus beau jour de ma vie ?
Définitivement non.

Aucun jour de ma vie ne sera plus beau que le 24 décembre 2007 lorsque je vis ma petite Valkyrie débarquer de son port royal.

30 juin 2023.

Un nouveau mail de l'académie me parvint.
Il y avait vingt-sept postes ouverts dans toute
l'académie de Normandie.
Une fois le poste de l'école primaire Gianni-Versace de
Deauville préempté par le major, il me resterait vingt-
six choix.
La zone des postes à pourvoir était très large
puisqu'elle s'étendait de Valognes, dans le
département de la Manche, jusqu'à Gisors dans le
département de l'Eure, soit près de 300 km de
distance.
J'épluchai chaque localisation et je tombai sur la
pépite :
L'école primaire Les Albatros à Veules-les-Roses.
Station balnéaire exiguë de la côte d'Albâtre, habitée
de 500 âmes toute l'année et autour de 5 000 lors des
week-ends en juillet-août lors de la grasse
transhumance estivale des touristes moutonniers.
Ce village avait l'originalité d'abriter le plus petit fleuve
de France, la Veules, long d'un peu plus d'un kilomètre.
Il se situait à un gros quart d'heure en voiture de
Varengeville et d'Offranville.
Tout près de ma Maman et de mon Océane.
J'avais touché le gros lot.

L'Albatros, un de mes poèmes préférés de Charles Baudelaire, allait pouvoir ouvrir ses ailes en grand et déployer toute son envergure.

Il fallait me trouver un logement non loin de l'école et pour en finir avec ce « réflexe placentaire » qui aura duré près d'un an et que j'aurai tant aimé.

Dès la première semaine de juillet, je me mis en quête de trouver une maison en location, le temps de dénicher notre Royaume tellurique avec Océane arriverait plus tard.

Je partis en repérage, non plus pour cambrioler ou broyer un genou cette fois-ci, mais pour m'imprégner des paysages fascinants, en toute subjectivité.

Une fois mes villages préférentiels ciblés, je me mis en recherche active sur le site internet "Le Bon Plan" pour y trouver la perle espérée.

S'il y avait très peu d'offres sur le littoral, plus prisé, il y en avait en revanche quelques-unes dans les terres dans un rayon de 20 kilomètres.

Mon attention fut retenue par trois annonces.

J'appelai les propriétaires et pus caler les trois visites lors du même week-end.

Je tenais à ce qu'Océane et ma mère soient à mes côtés lors de ces visites.

La première visite se passerait dans le bourg de Vittefleur : Oh oui, vite, des fleurs !

Veules-les-Roses, Vittefleur, la poésie de ma Normandie perlait jusque dans le nom de ses villages.

Dès le portail en bois franchi et une fois pénétré dans la pièce principale, je savais qu'il n'y aurait pas d'autres visites.

L'instinct du grand-blanc avait eu un coup de cœur immédiat.

Une longère typique du pays de Caux, avec un séjour orné de poutres apparentes d'origine et d'une cheminée datant du XIXᵉ siècle.

Des combles aménagés avec deux chambres mansardées.

Le tout complété par un terrain de 1000 m² avec un magnifique rhododendron et un humble verger composé d'un cerisier, d'un pommier et d'un figuier.

Ma mère et Océane furent conquises par le caractère de cette demeure.

Interrogation discourtoise : mais combien allait me coûter ce paradis ?

680 euros par mois charges comprises, soit le prix de la location d'un local poubelle à Vincennes.

N'en jetez plus, la coupe est pleine.

On signe où ?

Un léger nuage allait apparaître dans ce ciel bleu comme mes yeux.

J'étais au chômage et le propriétaire exigeait une personne en CDI avec un garant, conditions généralement requises pour une location.

J'allais habilement dissiper ce nuage frêle avec une arme à double détente :

J'allais être instituteur dès le mois de septembre et devenir fonctionnaire, ce qui me rendrait techniquement "invirable".

Ce fut un premier facteur sécurisant pour le propriétaire.

Le deuxième argument massue : lui payer un an de loyer d'avance en une fois.

Marché conclu.

Cerise ultra-sucrée sur ce gâteau crémeux à souhait, la maison était disponible de suite et j'allais pouvoir emménager dès la semaine suivante.

Giannis vint me filer un coup de main et fut séduit par la gémellité de cette maison avec la sienne.

Bon, en même temps, je n'avais quasiment aucun meuble à déménager.

Nous passâmes chez l'enseigne d'ameublement "Ikae" nous enquérir d'un canapé "Sekwastrük", d'un lit "Dorkomyfo" et d'un frigo chez "Conforabut".

L'essentiel était là.

Pour le reste, je prendrai le temps de chiner plus tard une décoration *Côté Ouest*.

Je me retrouvai, le 20 juillet au soir, pour la première fois seul dans ma nouvelle maison.

Je trouvai une chaise longue restée dans l'abri de jardin et me posai avec une Paulaner bien fraîche.

Tout mon encéphale débordait de dopamine à outrance.

Je me rendais compte du chemin de Saint-Jacques de Compostelle parcouru.

En osmose avec ce que je souhaitais si éperdument.

Ou comment le sombre finit toujours par être éclipsé par la lumière.

J'avais fui tout le mal et j'avais atteint tout le bien.

Je venais d'atteindre mon Graal.

Me vint alors une idée aussi inattendue que farfelue.

Partir pour un voyage paradisiaque avec les quatre êtres les plus chers à mon cœur. Pour fêter avec mon sang cette quête du Graal.

Sans prévenir ma Maman, ma Giova, mon Océane et mon Giannis, je décidai de réserver un cottage ultra-luxueux dans un hôtel Resort géant à Punta Cana en République dominicaine.

Le but serait de se retrouver entre nous, sans contraintes aucune, dans un décor de carte postale avant la rentrée scolaire de septembre qui m'attendait.

J'avais hâte de rencontrer ces petites têtes blondes, sans les cœurs gravés sur les bancs en bois.

Giova sauta au plafond à l'idée de deviner les Caraïbes.

Giannis serait en plein pic de saison touristique, mais son aimante Nathalie lui dit de foncer, elle saurait gérer l'affluence prévue dans leur gîtes.

Ma mère fut plus difficile à convaincre, mais elle serait bien là avec nous en fin de compte, par dévotion immuable pour son louveteau.

Quant à Océane, elle m'avoua de sa pupille tellurique baissée vers le sol, qu'elle ne pourrait pas être des nôtres.

Je fus assez déçu de son refus.

Mais cette déception s'estompa aussitôt.

Elle m'informa qu'elle serait seule pour tenir la pépinière au mois d'août, son abruti de patron ayant eu la brillante idée de prendre trois semaines de vacances dans son mobil-home défraîchi à La Grande-Motte, station balnéaire la plus laide de France, élue par mon jury à l'unanimité.

Après une dernière baguenaude aérienne avec ma belle Océane sur les hauteurs d'Etretat, nous nous rendîmes à Roissy avec ma Louve Alpha, ma Valkyrie et mon frère d'armes, direction Paradise Island.

Août 2023.

On pouvait ressentir les alizés balayer chacune de ces silhouettes affalées sur cette longue plage de sable fin.
Le ressac était à peine audible au détour de ces vagues tétraplégiques.
Cocotiers et palmiers formaient une ligne de démarcation entre cette mer d'un azur limpide et ces blocs froids de béton déguisés en cottages attrayants, qui composaient cet hôtel Resort hideux.
Les doigts de pied en éventail, vautré depuis plusieurs heures sur un transat monotone, je regardais ma vie défiler sous un ciel placide, saupoudré de quelques nuages laiteux.
Giovanella, un peu étonnée par ma sieste à rallonge, accourut vers moi en s'écriant :
« Papa ! Papa ! Tu dors ? »

Papa dort bien, merveilleusement bien même.

Le Dormeur du Graal venait de partir dans le long sommeil.

Celui dont on ne revient pas.

Et contrairement au *Dormeur du Val* d'Arthur Rimbaud, il n'avait pas deux trous rouges du côté droit.

Aucune trace morbide extérieure, mais un monde intérieur nécrosé par une fracture du myocarde, une vie anéantie par une crise cardiaque.

Les branchies du grand-blanc venaient de rendre leur dernier souffle.

Je pensais à la désolation inconsolable que j'allais laisser à Giovanella.
Elle allait devoir affronter l'ultraviolence d'un ressac, digne des lames les plus déchaînées qui viendraient se fracasser sur la pointe du Raz pendant une marée d'équinoxe.

Je pensais à ma Louve Alpha, à ma Maman à moi, qui allait souffrir atrocement tout en intériorité résonnante.

Je pensais à mon Océane, qui allait se rhabiller de sa carapace inoxydable et refermer la coquille inabordable de ses sentiments.

Mais c'était le lit de mon destin, lit qui venait de s'assécher à jamais.

Le destin et son implacable inéluctabilité.

Ce destin qui aura été d'une galanterie rare :

Celui de mandater la faucheuse pour me faire payer l'addition en plein milieu du dessert.
Abdou n'avait pas eu cette chance, la macabre faucheuse lui réclama de solder son repas à peine son entrée terminée.

Igor, lui, avait été coupé net dans son élan pendant le plat de résistance.

Giannis allait se retrouver bien seul à la tablée royale des grands-blancs.

Last of Mohicans.

Il ne saurait terminer autrement notre festin fraternel qu'au moment du digestif.

Au coin d'une cheminée crépitante, un vieil Armagnac à la main, sans aucun doute un Delord hors d'âge.

J'étais donc mort, mais je n'avais pas souffert.

Juste une brève clameur en plein cœur.

Mes paupières étaient soulagées, mon visage serein.

J'étais libre, baigné dans le calme, tel Michel Piccoli après sa sortie de route à la fin du film *Les Choses de la vie.*

Conscient d'être parti au zénith.

La mort est tellement moins effrayante lorsque l'on a atteint la plénitude de la vie.

« Bien sûr, je pourrais être furieux et aigri de ce qui venait de m'arriver.

Mais c'est inutile, il y a tant de beauté dans le monde.

Et là, je comprends que je n'ai plus qu'à lâcher prise et juste à me détendre et je ne peux plus qu'éprouver de la gratitude pour mon insignifiante petite vie. »

J'aurais aimé que cette philosophie admirable exhale de ma bouche.

Mais elle provenait de celle de Lester Burnham, incarné par Kevin Spacey dans le légendaire *American Beauty,* mon deuxième film préféré après *Le Corps de mon ennemi*.

J'étais parfaitement aligné avec la reconnaissance pour la vie de Lester, excepté la dernière : j'avais vécu tout sauf une insignifiante vie.

J'avais une gratitude infinie pour cette vie effervescente et remerciais chaque jour la Force Suprême pour sa munificence.

Cette Force Suprême - ne me parlez pas de Dieu, moi, l'athée radicalisé, l'agnostique fanatique - qui avait décidé de me porter au firmament d'une vie sur Terre.

J'avais pleine conscience que la Force Suprême avait choisi de me placer tout en haut de la pyramide dans ses espèces prédéfinies d'êtres humains.

Après l'espèce de "l'Homo Erectus", découverte par Eugène Dubois.
Après l'espèce de "l'Homo Festivus", conceptualisée par le très clairvoyant écrivain Philippe Muray, espèce essentiellement composée d'individus où la fête et la débauche deviennent le tout de leur quotidien, espèce à laquelle j'avais furtivement appartenu.
J'aimerais vous développer ici ma théorie de "l'Homo Perfectus".

La Force Suprême avait décidé que je ferai partie de l'espèce maîtresse, à savoir : "l'Homo Perfectus". Espèce qui ne devait compter que quelques milliers d'individus, bon, disons plusieurs dizaines, allez,

plusieurs centaines de milliers peut-être, mais alors tout au plus.
Attention, rien à voir avec quelque chose de parfait chez les individus qui composaient cette classe, soyons clairs.

La Force Suprême avait décidé que "l'Homo Perfectus" cocherait toutes les cases des privilèges souverains de sa naissance à sa mort :

Le privilège de naître dans le plus beau pays du monde.

Le privilège de naître avec une gueule d'ange.

Le privilège de naître avec un cerveau bien irrigué.

Le privilège de vivre un amour parental intarissable.

Le privilège de vivre des amitiés au rayonnement interstellaire.

Le privilège de vivre une paternité épanouie sans chaos.

Mais la Force Suprême avait injustement choisi de créer d'autres espèces bien moins loties, comme celle de "l'Homo Tragicus".
Espèce composée, entre autres, d'individus qui naîtraient orphelins en Afghanistan et passeraient leur vie entière à naviguer entre bombardements, famine et souffrance.
Je mesurais la chance diamantifère que la Force Suprême ait choisi de me placer dans un des berceaux

de cette espèce royale de "l'Homo Perfectus" et j'avais une compassion constante pour "l'Homo Tragicus".

Laissez-moi ici vous évoquer l'un des privilèges souverains dont j'avais pu bénéficier en tant qu'"Homo Perfectus" qui me tient particulièrement à cœur.

Ce privilège souverain d'être né dans le plus beau pays du monde : La France

Cette France et sa nature majestueuse, irradiant par son calme et sa pureté.

Cette France et sa géométrie sévère mais prophylactique des cimes pyrénéennes.

Cette France et ses forêts aux mille nuances chromatiques et leur solfège féérique.

Cette France et ses plaines immaculées aux camaïeux d'ocre et d'olive.

Cette France intemporelle qui triomphera éternellement contre la France moche.

La Force Suprême décida de m'exposer à de violents ressacs :

Le violent ressac de la perte injuste et prématurée de frères d'armes.
Le violent ressac d'un amour maquillé dévastateur.
Le violent ressac de la décomposition annoncée d'un père.

Le violent ressac des couloirs glacés d'un hôpital psychiatrique.

Mais la Force Suprême eut l'extrême élégance de m'allouer surtout de si doux ressacs.

Surtout le doux ressac des flans cachés sous le manteau.
Surtout le doux ressac des cœurs incandescents.
Surtout le doux ressac d'amitiés indestructibles.
Surtout le doux ressac de la jubilation absolue aux abords d'un port royal.

Les violents ressacs s'usent très doucement et s'ils restent viscéralement ancrés en vous toute votre vie, leurs douleurs se voilent, se distordent et finissent par se travestir en carte pastel avec le temps.

Les doux ressacs vous confèrent une énergie inaltérable.
Les doux ressacs vous soulèvent de leurs flots embrasés.
Les doux ressacs embellissent chaque jour un peu plus votre mémoire de leurs souvenirs irisés.
Les doux ressacs diffusent en vous une sève salvatrice qui emplit tout votre être.

Contrairement à ce que nous dicte Nietzsche, on ne peut apprendre à oublier.

Il n'existe qu'une seule et unique façon de mener une vie digne et heureuse :

Vivre avec le ressac.